味ごよみ、花だより

JN066651

高田在子

角川文庫
24100

目次

第一話　南天の実

弥生（やよい）（三月）の朝の日だまりに、岡田弥一郎（おかだやいちろう）は足を踏み入れた。幕府の薬草園である小石川御薬園（こいしかわおやくえん）内の、御薬園同心長屋の裏庭である。手ずから組んだ棚の上に、ところ狭しと鉢植えを置いていた。

大きく膨らんだ桜草のつぼみを見つめて、弥一郎は目を細める。

明日にでも、ほんのり淡い薄紅色の花が開きそうだ――が、隣の鉢のほうが、つぼみの数がやや多いか。

弥一郎は隣の鉢を手に取った。小さな鉢の上に、青々とした葉をしゃんと大きく広げている。根張りもよいはずだ。まだ固く閉じている小さなつぼみが寄り集まった姿は、何とも愛らしい。こちらは白い花が咲く。

儚（はかな）げな時枝（ときえ）の笑顔が、まぶたの裏に浮かんだ。

この桜草を渡せば、喜ぶであろうか……。

不意に、足音が聞こえた。表口へ続く小道に首を巡らせば、同じ長屋に住む同輩の佐々木六郎太が姿を現した。

六郎太は棚の前に並び立つと、弥一郎が手にしている桜草をじっと覗き込んで、首を横に振った。

「時枝さんにやるなら、もっと鮮やかな花色のほうがいい」

弥一郎は眉間にしわを寄せて押し黙った。

こやつの勘は、なぜ、よく当たるのだ――時枝に会いにいくなどとは、ひと言も申しておらぬのに――。

変化朝顔の種を時枝に渡してから、早ひと月。どうしているか気になり続けていたのだが、まだ一度も会いにいっていない。

先月末に日本橋を広く焦がした火事で、薬草の栽培に従事している荒子の身内が焼け出されたため、見舞いの品としてあれやこれや手配してやったりしているうち、あっという間に日が過ぎてしまったのだ。

火事の前は、時枝の腹違いの妹、芙美に仕かけられた種騒動もあった。

非番の今日こそは、時枝の様子を見にいこうと思っていたのだが……。

「これがいいんじゃないのか」

手にした鉢を眺めていた弥一郎は、六郎太の声に顔を上げた。

「ほら」

六郎太が掲げた鉢には、濃い紅紫の花が咲いている。これから開くつぼみもまだ多くついているので、長く楽しめるだろうが――。

「もっと優しい色合いのほうが、心がなごむのではないか」

それより何より、時枝に似合うだろう。

「何を言ってるんだ、弥一郎さん」

まったくわかっておらんなあと言いたげに、六郎太は大きく頭を振った。

「今の時枝さんには、絶対に、この色だ」

自信満々に断言する六郎太に、弥一郎は目をすがめた。

強く反論したくなるが、ここは口をつぐんでおく。六郎太の勘を信じて動いたほうが円滑だったということが、これまで何度もあったのだ。

弥一郎は白い桜草を棚に戻すと、六郎太が差し出してきた鉢を受け取った。濃い紅紫の桜草が、日の光の中でまぶしく見える。

「もし早く帰ったら、酒の肴でも作っておいてくれよ」

六郎太は屈託のない笑みを浮かべた。

「世の中が桜の花見で沸き立つ中、おれたちは咲き始めた桜草を眺めながら、しっぽり夜を更かそうではないか」

「断る」

即答した弥一郎に、六郎太は情けなく眉尻を下げた。

「なぜだ。同輩であり友であるこのおれと、差しつ差されつ飲み明かしたいであろう」

「いや。泉屋から帰ったら、文平の植物日記を見てやろうと思っている」

小石川御薬園同心見習の大久保文平は仕事熱心で、扱っている植物について気づいた点などを細かく書き記している。植物の名や性質を覚え、来年以降の栽培に役立てようと懸命なのだ。弥一郎も折に触れて助言を与えていた。

「文平の日記を見るなら、おれの日記も見てくれよ」

かつて採薬師として諸国を巡り、得た知識に一目置かれてから、弥一郎は六郎太の学びにも助力するようになっていた。

しかし、最近いちいち見習と張り合うように日記を持ってくるのが、少々うっとうしくもある。

「さっさと仕事へ行け」

弥一郎は冷たく言い放った。

「御薬園中の雑草をすべて抜くまで、帰ってこなくてよいぞ」

六郎太が「そんなぁ」と、か細い悲鳴のような声を上げる。

「さまざまな草の芽が伸びてきている時季ではないか」

「夏の盛りよりは、だいぶましであろう」

六郎太を強引に送り出すと、弥一郎は桜草の鉢を竹籠（たけかご）に入れて長屋を出た。


御薬園前の坂を下り、小石川を出て、上野（うえの）へ向かう。中山道（なかせんどう）に入り、駒込追分（こまごめおいわけ）を過ぎて本郷（ほんごう）を抜けながら、弥一郎は先月の種騒動を思い返していた。

芙美の悪知恵により、弥一郎が無料（ただ）で変化朝顔の種を配布していると思い込んだ者たちが、御薬園へ押しかけてくる騒動となったのだ。集まった町人たちをすぐに追い返したので大事には至らなかったが、城へ納める植物も栽培している御薬園まで悪だくみに使うとは、まったくとんでもない女である。

腹違いとはいえ、実の姉である時枝から許嫁（いいなずけ）を奪ったことといい、芙美の料簡（りょうけん）は尋常ではない。

芙美と継母（ままはは）のせいで家族から孤立し、つらい思いをして育ってきた時枝は、昨年末から母方の祖父母のもとで過ごしている。少しでも慰めになればよいと思い、弥一郎の手元にあった変化朝顔の種を半分分けてやったのだが、蒔くにはまだ時季が早い。

弥一郎は竹籠の持ち手をひょいと上げ、中を覗き込んだ。深めの籠にすっぽり収まっている桜草の茎は、ぴんと伸びている。揺らさぬよう気をつけて運んではいるが、どこも折れたりしていないようで安堵する。

濃い紅紫の小花が寄り集まって咲いている桜草に、弥一郎は時枝の顔を重ね合わせた。

この花色を、気に入ってくれればよいのだが……。

樹木が生い茂る坂道を下り、不忍池の前に出ると、人通りが急に多くなった。寛永寺へ花見にいくのか、見てきた帰りか、すれ違う人々の口から桜への賞賛が次々と聞こえてくる。うっとりした表情で通り過ぎていく者たちの前に桜草を出してみたとしても、きっと見向きもされぬのであろう、と弥一郎は思った。

春といえば、梅か桃か桜――荒川沿いには桜草の群生地があり、見物に出かける者も多いが、やはり絢爛豪華な花とは言い難い。人々の目を惹きつけるのに、いささか地味な感は否めなかった。

桜草を励ますように、弥一郎は籠の持ち手を握る手に力を込めた。

忍川に架かる橋を渡り、下谷町一丁目へ入ると、弥一郎は泉屋の前に立った。時枝の祖父、官九郎が営む古道具屋である。

客の姿が見えたので、邪魔をせぬよう勝手口へ回ろうとしたところ、店の中から白髪の老爺が飛び出してきた。

「岡田さま！　ずいぶんとお久しぶりではございませんか。いつまたお出でくださるかと、ずっとお待ちしておりましたのに」

非難がましい声を上げながら、にこにこと笑いかけてくるのは官九郎である。

「さ、さ、どうぞお上がりくださいませ。すぐに酒の用意をさせますので」

「いや、酒はいらぬ」

「では、お茶を」

あれよあれよという間に、弥一郎は奥の座敷へ通されていた。

上座に腰を下ろすと、すぐに時枝が茶を運んできた。祖母のおろくがあとに続いて、羊羹を運んでくる。

「お忙しかったのでございますか？」

官九郎が茶を飲みながら、ちらりと弥一郎の膝脇に目を向けた。桜草の入った竹籠が置いてある。

「この近くに、何かご用がおありだったのでしょうか。お急ぎでなければ、ぜひ昼餉（ひるげ）をご一緒に」

「いや、それにはおよばぬ」

弥一郎は竹籠をつかんで、時枝の前に差し出した。

籠の深さで花が見えていないのだろう、時枝はきょとんとした顔で瞬（まばた）きをくり返す。

「朝顔の時季にはまだ少し間があるゆえ、持ってきたのだ」

「わたくしに……でございますか」

弥一郎がうなずいても、時枝はなかなか手を出そうとしない。戸惑ったように竹籠を見つめている。

「受け取れ」

弥一郎がじれた声を出すと、時枝はやっと竹籠に向かって手を伸ばした。持ち手をしっかりつかんだのを見てから、手を離す。

時枝は籠を膝に載せると、中を覗（のぞ）き込んだ。

「あっ……」

驚きの声を上げて、しばし固まる。籠の中を凝視して、微動だにしなくなった。

弥一郎は眉をひそめる。

まさか、嫌いな花だったのではあるまいな。桜草でかぶれたという話は聞いたことがないが、もしや時枝は肌が弱く、桜草の茎や葉から出た汁で手を腫らしたことがあったのだろうか。朝顔栽培をこなしていたと言った時に、肌が過敏で苦労したなどという話はいっさい耳にしなかったが――。

官九郎とおろくが怪訝な目で、時枝と竹籠を交互に見やる。

「どうしたんだ、いったい。何が入っているんだね」

時枝は夢から覚めたように、はっと顔を上げた。

「あの……とても素敵な物が……」

時枝は膝の前に籠を置くと、中からそっと桜草を取り出した。土がこぼれ落ちぬよう鉢底に左手を当て、右手を添えて顔の高さまで持ち上げる。

「おお、これは」

「何て美しいんでしょう」

官九郎とおろくの声が重なり合った。二人とも、ほうっと息をついて桜草を見つめる。

「岡田さま、なぜこの色を」

官九郎が感慨深い声を出した。

「時枝が好きな色を、ご存じだったのでございますか」

弥一郎は目を見開く。

「そうなのか？」

時枝の顔を見ると、はにかんだような笑みを浮かべていた。

「鮮やかな色は、見る者に元気を与えてくれますので」

時枝の顔と桜草の花を交互に見比べ、弥一郎は内心唸（うな）る。

淡く優しい色のほうが時枝に似合うと思っていたが、濃い紅紫の花を手にしている姿もなかなかよい。くっきりとした色が、これほど時枝に馴染（なじ）むとは思わなかった。

六郎太の得意顔が目に浮かぶ。

——今の時枝さんには、絶対に、この色だ——。

悔しいが、認めざるを得ない。

「あの……わたくしには似合わない色かもしれませんが……」

「そんなことはない」

即答すると、時枝の頰が朱に染まった。

官九郎とおろくが相好を崩す。

弥一郎の背中が、むずがゆくなった。

「鮮やかな色も、もっと身につければよいのではないのか」

江戸の流行は茶色や鼠色――町の女たちも地味な着物を粋に着こなしている。泉屋が用意したという時枝の着物も、上物ながら地味な色合いだ。

「ご公儀が奢侈を禁じているとはいえ、巾着など小物の一部に華やかな色を多少取り入れるくらいであれば、目くじらを立てられることもなかろう」

口元に笑みをたたえたまま、時枝が目を伏せる。

「ですが、わたくしには、やはり分不相応かと……」

官九郎とおろくが顔を見合わせて、悲しそうにうつむいた。

以前、時枝への贈り物はすべて芙美に奪われてきたという話を官九郎から聞いたが、それはもしや、この桜草のような色合いの品だったのであろうか。

官九郎とおろくの表情に、弥一郎は確信を深める。

二人が時枝のために選び続けてきた着物や玩具は、きっと女子らしい紅色や牡丹色――時枝の好みに合わせた、鮮明な色だったに違いない。

おそらく、時枝には分不相応な品だと言われ、力ずくで取り上げられてきたのだろう。手の甲が腫れ上がるほど叩かれたり、夜の庭に一人ぽつんと立たされるような折檻を受けて育ってきたというから、逆らう気力など根こそぎ奪われていたはずだ。

弥一郎は口元がゆがみそうになるのをこらえた。

ここは新田家ではない。継母も、芙美もおらぬ。甘やかしてやりたいと願っている祖父母のもとで、これまで我慢してきたことを存分に楽しめばよいのに、という思いがこんこんと湧き出てくる。

「その花の色は、おまえによく似合っている」

桜草の鉢を膝の上に抱えてうつむいていた時枝が、ゆっくりと顔を上げた。

「気おくれする必要はない。好きな色を、好きなようにまとうがよい」

おずおずと見つめてくる時枝の視線を、弥一郎はまっすぐに受け止めてうなずいた。

時枝は小さく唇を震わせながらも、はっきり「はい」と答える。

弥一郎は目を細めた。

官九郎とおろくが嬉しそうにうなずき合う。

「では、さっそく、新しい着物でも作ろうか。赤い地色に、花柄はどうだ」

「時枝はもう子供ではないのですから、さすがに赤い着物はちょっと……」

「じゃあ帯はどうだ」

「どんな着物に合わせるっていうんですか、まったく」

「うぅむ、簪ならどうだ」

「そうですねえ、上等な珊瑚があれば」

「よし、買いにいこう」

今にも腰を浮かせそうな二人の顔を、時枝はおろおろ見やる。

「あの、お祖父さま、お祖母さま、欲しい物は先日すでにたくさん買っていただきましたわ」

官九郎とおろくが不満げな顔を同時に時枝に向ける。

「たくさんって、おまえ――あれは身につける物じゃないだろう」

「縫い取り（刺繍）に使う糸など、たいした買い物じゃありませんよ」

弥一郎は首をかしげる。

実家では、下女の手ほどきで裁縫を覚え、継母や芙美の着物を繕わされていたようだと聞いていたが――。

怪訝な顔をしたのに気づいたのか、官九郎が弥一郎に向き直る。

「時枝は縫い取りが得意なのでございますよ。新田家のお隣の奥方さまに教えていただいたそうで」

時枝の境遇に同情し、厚意で読み書きなどを指南したという女人だ。

「我が家に厄介になっているのだから何か仕事をさせてくれと、時枝が言い出しまして。洗濯や繕い物はないかと毎日のように聞かれ、困ってしまいました」

家事を手伝わせるために連れてきたのではない。黄表紙でも読んで、のんびり好きなことをしていなさいと何度言っても、時枝はうなずかなかったという。

何か仕事をしていなければ、泉屋に自分の居場所を作れぬとでも思っていたのであろうか。

「芙美さまの着物の汚れを、縫い取りで上手く隠したという話を聞きました」

裾などに点々とついた染みは落ちなかった。丁寧に洗い張りをしても取れず、芙美は癇癪を起こしたという。人に気づかれれば恥ずかしいので何とかしろと命じられた時枝は、苦肉の策を講じ、染みの上に小さな花模様の縫い取りを施した。

「思いがけず、とても好評だったようで」

芙美の機嫌は直り、それ以来、小さな穴の開いた着物などを繕う際には上手く縫い取りをあしらうよう言いつけられたという。

「縫い取りは、ちっとも苦になりませんでした」

時枝が微笑む。

「一心不乱に針を動かしている間は、なぜか気持ちが落ち着きましたので」

芙美も継母も、自分たちの着物を繕わせている間は邪魔をせず、時枝を一人にしておいたのだろう。

「それなら今度は好きな柄で縫い取りをしてみたらどうかと、おろくが勧めたのです」

官九郎の言葉に、おろくは目を細めてうなずいた。

「汚れやほころびを隠すためではなく、自分が好きな模様を好きなように刺したら、楽しめるのではないかと思いまして」

おろくの裁縫道具を貸して、布や糸を与えると、時枝はあっという間に男物と女物の巾着を作り上げたという。

「わたしどものために作ってくれたのでございますよ。ふたつとも、実に見事な縫い取りが施してありましてねえ」

官九郎が嬉しそうに笑った。

「どちらも松竹梅の柄なのですが」

季節を問わずに使える吉祥文様である。

「わたしのは松が主役になっている意匠で、おろくのは梅が主役の意匠でした。さりげなく、品のよい一対になっているのですよ」

おろくも頬をゆるませる。

「隣近所の人たちに、うらやましがられましてねえ。とても素晴らしい出来映えだから、ぜひ自分にも作ってもらいたいとお願いされました」

「お祖母さまったら、そんなお世辞を真に受けて」

時枝が困ったような声を上げる。

「店で売っている品のほうが、出来がよいに決まっているではありませんか」

おろくは首を横に振る。

「そんじょそこらの職人よりも腕がいいと言っていただいたよ」

「孫娘が作ったのだと自慢されては、相手の方も盛大に褒めるしかなかったのでしょう」

「うちの店先で売れば、絶対に買うとおっしゃった方も」

「売れるわけがありません」

時枝は気恥ずかしそうな顔で、おろくをさえぎった。

「わたくしが手慰みに作った物に過ぎないのですから、あまり人に見せて回らないでください」

おろくはいじけたように唇をすぼめる。

「本当に、いい出来なのに……」

すねた声を上げるおろくから視線をそらして、時枝は弥一郎に向き直った。

「桜草は育てた経験がないのですが、何か気をつけることはございますか？」

「水を切らさぬようにすれば大丈夫だ。つぼみも、そのうち開くであろう」

時枝は桜草を見つめる。

「毎年咲くのでしょうか」

弥一郎はうなずいた。

「冬には葉が枯れるが、寒さには強いゆえ、また春に芽吹く。株を増やすこともできるぞ。夏に強い日差しの当たり過ぎぬ場所があれば、いずれ庭に植えてもよいであろう」

「庭に……」

時枝の視線が不安げに揺れた。泉屋の庭と実家の庭、どちらに植えたらよいのかわからないというように。

「それはいいですねえ！」

官九郎が弾んだ声を上げた。

「こんな可愛らしい花がうちの庭いっぱいに咲いてくれれば、わたしども年寄りの心も浮き立ちます」

おろくも同意する。

「昔、船で桜草見物に連れていってもらいましたねえ。辺り一面が花の紅に染まり、本当に美しかったですよ」

官九郎が懐かしそうに目を細める。

「荒川沿いの野原だな。弁当を食べながら、酒と景色を楽しんだ。麻枝(あさえ)もたいそう喜んで……」

麻枝とは、産後間もなく亡くなった、時枝の母である。泉屋の一人娘だった。

しばし沈黙が流れる。

過去の幻を振り払うように、官九郎は小さく頭(かぶり)を振った。

「岡田さま、うちの庭のどの辺りに桜草を植えたらよいか、時枝に教えてやってはいただけませんか」

「それは構わぬが」

時枝を見ると、気を取り直したような表情で顔を上げていた。

「お願いいたします」

時枝が微笑んで、立ち上がる。

「ご案内いたします」

時枝のあとについて、弥一郎は庭へ出た。


板塀に囲まれた小さな裏庭は、明るい日差しに満ちていた。通りと庭の境の守りを固めるかのように、板塀の近くで山茶花（さざんか）の木が枝葉を伸ばしている。

時枝は桜草の鉢を縁側の前に置くと、弥一郎の隣に立った。

「わたくしがこの家へ参りました時には、あの山茶花が鮮やかな深紅の花を咲かせていました」

妹の芙美が、時枝の許嫁（いいなずけ）だった男のもとへ嫁いだため、昨年末から泉屋で過ごすことを許されているのだ。外聞を気にしての判断であろうが、時枝が子を生（な）せぬ体になってしまったほどの大病をわずらったので祖父母のもとで療養していると、新田家は世間に言い繕っている——そう悔しそうに語っていた官九郎の顔が、弥一郎の頭をよぎった。

すでに開花期を終えた常緑の木が、何やら悲しげに見えてくる。

「寒さの中で華やかに辺りを彩っていた山茶花が、とてもまぶしく見えました。まるで、凍てついた冬の暗い空を照らす、花の提灯のようだと思いましたわ」

凍てついていたのは時枝の心だったのではないのか、山茶花の花色に希望を見出したかったのではないのか、と弥一郎は思った。

だが時枝は、弥一郎の懸念を払拭するように、屈託のない目を向けてくる。

「昔から、赤は邪気を払う色だといわれておりますでしょう」

時枝が振り返り、桜草を指差した。

「赤の混じったあの花が庭に根づけば、きっと泉屋も安泰ですわね」

時枝の視線の先で、紅紫の桜草が風に揺れている。

ふと、縁側の近くに植えられている空木が、弥一郎の目に入った。まだ堅いつぼみをぎっしりつけて、そよそよと枝をなびかせている。

幹の中が空洞になっているので「空木」と呼ばれるが、卯月（四月）に白い花を咲かせるので「卯の花」という別名がある。

「いずれ庭に植えるのであれば、あの辺りがよいのではないか。紅白に彩られる庭も、なかなか縁起がよさそうではないか」

　空木は冬に落葉するので暖かい日差しをさえぎらず、夏は葉を茂らせるので日陰を作ってくれるだろう。

「先ほど話に出たように、荒川の近くには、桜草が群れて咲く場所がある。つまり、ほどよい湿気を好むのだ。空木も土手などに自生しておる植物ゆえ、同じ場所でともに生育できるはずだ。同じ時季に咲きそろうやもしれぬ」

　空木の根元を見つめて、時枝は嬉しそうに微笑む。

「桜草が無事に根づき、庭いっぱいに広がったら、どんなに美しいことでしょう」

　群れて咲き誇る桜草を思い浮かべ、弥一郎も目を細めた。

「楽しみだな」

「はい」

　時枝が弥一郎を見上げる。

「あの、ここで少しお待ちになっていただけますか」

「構わぬが……」

　首をかしげる弥一郎を置いて、時枝は足早に家の中へ入っていく。

　ほどなくして戻ってきた時枝は、小さな風呂敷包みを大事そうに抱えていた。

「あの、もしよろしければ、これを」

差し出された風呂敷包みを見ると、時枝が恥ずかしそうに目を伏せた。

「変化朝顔の種をいただいた、お礼です。いつお渡ししようかと思いあぐねているうちに、今日になってしまいました」

「礼などと、そのような」

「桜草までいただいたのです。ご迷惑でなければ、ぜひお受け取りくださいませ。たいした物ではございませんが、お仕事の際に使っていただければと思い、作りました」

弥一郎はまじまじと風呂敷包みを凝視した。

「おまえが作った物なのか」

「はい」

弥一郎は風呂敷包みを受け取った。縁側に腰を下ろして、結び目を解く。

中から出てきたのは紺色の手甲だった。丈夫な作りにするため同色の糸で施されている刺し縫いは、六角の籠目模様である。竹籠の編み目から生まれた文様で、籠目の形には邪気を払う力があるといわれている。

「昨年末、泉屋に出入りしている庭師が手甲をしていたのを見かけまして」

植物の枝葉で手を傷つけてしまうことがあり、土などが袖から入るのを防ぐためにも、手甲は便利だと語っていたという。

「岡田さまも植物を扱うお仕事ですので、もしお役に立てば――と思いまして」

手甲を引っくり返してみると、裏面には南天の実と葉が縫い取りされていた。難を転ずるという意味で、魔よけの縁起柄としてもよく使われる。

縫い取りされた赤い実が、弥一郎の心にぽっと暖かい火を灯したように感じられた。

「つたない出来でございます。もし縫い取りが肌に触れてご不快であれば、捨ててくださいませ。表側に赤い模様を出せば、目立つかもしれないと思い、裏に刺してみたのですが……」

弥一郎が黙り込んだので不安になったのか、時枝が弱々しい声を上げた。

「いや、大丈夫だ」

自信なげな表情の時枝に、弥一郎は慌てて口を開いた。

「おれの肌は、そんなに柔ではない」

「もし気になるようであれば、南天の縫い取りを取るか、当て布で隠すなど……」

「いや、このままでよい」

むしろ肌に触れていたほうが、手を守られているように感じるだろう。

「見事な出来だ。ありがたく使わせてもらう」

時枝の顔に、ほっとしたような笑みが浮かんだ。

弥一郎は手甲を握りしめ、改めて庭を見回す。

「今年の夏には、変化朝顔も咲く」

「はい」

どのような形や色の花が咲くか、今から待ち遠しい心持ちになった。


強く引き留める官九郎に再訪を約束させられてから、弥一郎は泉屋を出た。

通りに一歩踏み出したところで、一瞬だけ足を止める。

まっすぐに射貫（いぬ）いてくるような視線を感じた。

けれど何も気づいていないそぶりで、弥一郎は歩き出す。

芙美の夫がいよいよ動き出したのであれば、きっと仲間を引き連れているだろう。

おそらく御徒衆（おかちしゅう）の仕業と気づかれぬように弥一郎を痛めつけたいのであろうから、人通りの中では襲ってこないはずだ。

仕かけてきそうな場所をいくつか思い浮かべながら、時枝から贈られた手甲を懐にねじ込む。いつでも抜刀できる心構えを持ちながら、四方八方の気配を探った。

不忍池の近くを、わざとゆっくり歩く。人混みにまぎれて追ってくる者たちの姿は見当たらない。

だが、一定の間を空けて、後ろからついてくる気配がひとつ――それ以外は、どこにも怪しい動きは感じられなかった。

弥一郎は訝しむ。

芙美の夫が一人で斬りかかってくるのか？　よほど腕に覚えがあるのだろうか。

いや、きっと油断しきっているに違いない、と弥一郎はほくそ笑んだ。

右腕を怪我して以来、弥一郎は思うように畑仕事もできなくなってしまったのだという嘘を、種騒動の際に仕込んでおいたのが効いているのだろう。

馬鹿め――。

弥一郎は足を速めた。後ろの気配も、ぴったりとついてくる。勢いよく駆け出すと、相手も走った。

「お待ちくだされ！」

不忍池を離れ、樹木が生い茂る坂道を上り始めたところで、後ろから声をかけられた。

振り向くと、若い武士が立っている。日頃から鍛練を積んでいるのか、しばらくの間駆け続けてきたにもかかわらず、息の乱れは見えない。

「それがしは新田翔右衛門と申す者にござります。小石川御薬園同心、岡田弥一郎どのとお見受けいたしましたが」

「いかにも」

弥一郎は眉をひそめた。

「新田家といえば、泉屋官九郎の孫娘、時枝どのの実家と聞いておるが」

芙美の次に生まれた腹違いの弟が、翔右衛門という名だったと、官九郎が話していた。

「おれに何用か」

鋭く睨み、芙美に命じられて来たのかと問えば、翔右衛門は苦々しい顔つきになる。

「確かに、芙美に言われて参りました。時枝姉上にまとわりつく悪い男がいるので、追い払わねばならぬという話でしたので」

弥一郎は首をかしげた。

「悪い男とは、おれのことか？」

「そのようです」

弥一郎は失笑した。

「おまえの姉は、次から次へと愚かな策をくり出してくる女だな」

「ええ、認めます」

即答した翔右衛門に、弥一郎は片眉を上げた。

「同腹の姉をかばう気持ちはないのか？」

翔右衛門は自嘲めいた笑みを浮かべた。

「岡田どのに一度お会いせねばと思ったのは、芙美の話を聞いたからでございますが、わたしは芙美の言いつけに従っているわけではございません」

少々砕けた口調になって、翔右衛門は肩をすくめた。

「芙美の話を真に受けると、大変な事態になりかねませんからね」

「ほう」

「変化朝顔の種の件も聞きました。岡田どのも、芙美にはずいぶんと迷惑をかけられたようで。その点については、心よりお詫び申し上げます」

浅はかな悪だくみに御薬園を使うなど、ご公儀に対する不敬もいいところである。大事になれば、御家を危機に晒す事態であったのだ、と翔右衛門は続けた。

「穏便に済ませてくださり、岡田どのには感謝しております」

弥一郎は鷹揚にうなずいた。

「では、あの種騒動は時枝どののせいにされてはおらぬのだな」

「芙美もさすがに、そこまで馬鹿ではありません」

騒動を起こした罪を時枝になすりつけても、身内が関わっていると世間に知れた時点で、芙美自身の立場も危うくなるとわかっているらしい。

「時枝どのも何も知らぬ様子であった。よけいな話は耳に入れぬようにしてくれ」

翔右衛門は一礼する。

「ありがとうございます。もし万が一にも種騒動の件で、今後またご迷惑をおかけするようなことがございましたら、騒動の発端は芙美であったと、わたしが申し出ますので」

弥一郎は眉をひそめた。

「同腹の姉である芙美どのを、売ると申すか」

「血の繋がりがあれば、すべて円満というわけではございませぬ」

翔右衛門は苦汁を嘗めたかのように顔をしかめた。

「御家を守るため、つかねばならぬ嘘もあるやもしれませぬが……あれを野放しにしておくのは、やはり危ないという思いを強くしております」

先日、芙美の婚家である小山家を訪ねた際に、芙美が夫の徳之進に泣きついている場面を見たのだという。

「母に届け物を頼まれたのですが、庭のほうから話し声が聞こえたので、そちらへ回ってみましたら――」

芙美と徳之進が縁側に並んで座っていた。芙美は袖で顔を覆い、涙声を出している。何事かと思った翔右衛門は、とっさに物陰に隠れ、聞き耳を立てた。

「近所に住む御徒組の一人が、御薬園では種の配布などしておらなんだ、と義兄に伝えにきたそうで」

「井谷蔵之介さまだな」

芙美の夫から聞いた話を真に受けて、御薬園を訪れた男だ。

「井谷どのは、とても人のよいお方なのですが」

悪く言えば騙されやすいのだという言葉を呑み込むように、翔右衛門は口をつぐんだ。

「いかにも醇朴そうなお方であったな」

弥一郎の言葉に、翔右衛門は同意する。

「種を配布しているという噂を止めなければ、ますます岡田どのに迷惑がかかってしまうと思ったのでしょう。何か行き違いがあったようだと丸く収めて、井谷どのはすぐに帰られたようなのですが」

芙美の腹の虫は収まらなかった。

時枝のせいで誤解が生じたのだと言わんばかりの言葉を、夫の前に並べ立てた。

──岡田さまはとても素晴らしい御薬園同心で、江戸の町に朝顔栽培をもっと広めたいとおっしゃっていた、と姉上から確かに聞いたのです──。

「嘘だな」

思わず呟くと、翔右衛門が苦笑する。

「変化朝顔の種をたくさん持っていらっしゃるので、望んだ者には気前よく分け与えるはずだと」

「時枝どのが申したと？」

「はい」

涙ながらに訴え続ける芙美を、徳之進はさえぎったという。

──時枝どのの話はもうよい。変化朝顔の件は、おまえも忘れろ──。

「おそらく、時枝姉上との縁談を破談にして、その妹を娶ったことに、後ろめたさていたのでしょう。時枝姉上の名前も聞きたくない様子でした」

二人の声が途切れたので、翔右衛門は再び表口へ回り、たった今家の前に着いたふりをして訪い（おとない）を入れたのだという。

弥一郎は小さなため息をついた。

「しかし、外に声を漏らすとは不用心な」

弥一郎の言葉に、翔右衛門は苦笑する。

「小山家の縁側から隣家までは、少し離れております。わたしのように近くで立ち聞いていなければ、話のすべては汲み（く）取れぬでしょう。それに、声に抑揚をつけて泣き声を挟むのが、芙美は昔から上手（うま）いのです」

「なるほど」

もし隣人に話が聞こえても、「姉上が」と大げさに嘆くことで、時枝の悪い印象を植えつけられるという算段か。

「それで？」

翔右衛門をまっすぐに見据えて、弥一郎は問うた。

「なぜ、おれに会いにきたのだ。種騒動の詫びを申すためではあるまい。真（まこと）の目当ては何だ」

翔右衛門の目が、弥一郎を試すように光る。

「なぜ時枝姉上に近づいたのです？　岡田どのに関する芙美の話が嘘だとしても、あなたが時枝姉上のもとを訪れたのは本当だ。わたしは、その理由が知りたい。だから会いにきたのです」

弥一郎は言葉に詰まった。

具合の悪くなった官九郎を助けた縁で出会い、時枝を励ますため変化朝顔の種や桜草の鉢植えをやろうと思ったのだが——はたして、その説明で翔右衛門は納得するだろうか。

なぜ時枝に近づいたのか——その答えを、弥一郎は改めて自問自答した。

弥一郎の沈黙に、翔右衛門のまとう気配が変わる。どす黒い怒りが脳天から立ち上っているような形相になった。

「まさか、時枝姉上をもてあそぼうとしているのではあるまいな!?」

翔右衛門の左手が刀の鞘に伸びる。弥一郎は殺気を放った。鯉口を切ろうとした翔右衛門の親指が途中で止まる。弥一郎の気魄に押し負けているのだ。弥一郎の返答次第では本当に抜刀しようと思っているのだろうが、ありありと躊躇が見える。

戦いの場においては、一瞬の躊躇が命取り——気概がないとまでは言わぬが、明らかに経験不足だ。

「おまえが抜く前に、おれは斬るぞ」

弥一郎も刀に手をかけた。翔右衛門が身構えながら、じりりと後ろへ下がる。翔右衛門の親指は鍔にかけられているが、固まったまま動かない。

弥一郎は笑った。

「まだ、おれの間合いに入っておる」

体勢を立て直すのであれば、あと一歩後ろへ下がるべきだ。

弥一郎の心を読んだかのように、翔右衛門が一歩後ろへ下がった。すかさず一歩前へ出て、弥一郎は間を詰める。

翔右衛門の顔が強張った。平静を保とうと努めているようだが、動揺の色が濃く浮かんでいる。

翔右衛門の視線が弥一郎の右手に向けられた。利き腕の怪我のことも、芙美から聞いているようだ。

弥一郎は目を細めた。

「おまえは素直過ぎる」

刀から手を離し、一気に跳んだ。翔右衛門の刀の柄を右手で握ると同時に、左手で翔右衛門の胸ぐらをつかみ上げる。

「くっ――」

翔右衛門が悔しそうに睨みつけてくる。弥一郎のほうが長身なので、じろりと見下ろして威圧した。

翔右衛門は必死の形相で、右手を弥一郎の左手首に伸ばした。強くつかんで、引き剝がそうとする。体を大きく回すようにして、弥一郎の手をほどこうともがいた。

だが弥一郎は放さない。冷静に、翔右衛門の動きを見ていた。

翔右衛門の左手が、弥一郎の右手をつかむ。

遅い――。

翔右衛門の鼻に向かって、弥一郎は頭突きを食らわした。

「うっ」

翔右衛門がよろける。間髪を容れずに腹を蹴り飛ばした。翔右衛門は引っくり返って、尻餅をついた。

抜刀し、喉元に刃を突きつける。翔右衛門の額から汗が流れた。

「ま、まいりました……」

弥一郎は刀を戻した。

翔右衛門は立ち上がり、呆然とした眼差しを弥一郎の右手に向ける。

「なぜ……」

怪我をした利き腕は動かぬはずなのに、と目で問うてくる。

弥一郎は、にやりと笑った。

「利き腕を怪我したのは真だが。右手のすべてが動かなくなったわけではないのだ」

右腕の筋を斬られた結果、親指にまるで力が入らなくなってしまったことは伏せておく。翔右衛門を完全に信用してよいものか、今少し様子を見ねばなるまい。

「利き腕を怪我して、かつてのお役目を解かれたのではなかったのですか」

弥一郎は目をすがめる。

「おれのことを調べたのか」

変化朝顔の種をもらえると思って御薬園へやってきた井谷を通して、芙美の耳にも入るだろうと考え、利き腕を怪我したため畑仕事もろくにできなくなってしまったと嘘をついた。

だが、お役目を解かれた話まではしていなかったはずだ。

「おれのかつてのお役目が何だったか、知っておるのか」

「採薬師として、諸国を巡っていたと――」

「おれがおったのは駒場御薬園だ」

翔右衛門が息を呑んだ。

「園監を務めておられる植村家は、八代さまが設けられた御庭番……」

将軍直属の密偵である。駒場御薬園の初代園監である植村左平次は、採薬師として諸国を巡りながら、数々の密命を果たしてきたといわれている。

弥一郎の過去を察したように、翔右衛門は目を見開く。

「では、岡田どのの採薬の任というのは……もしや……」

「さすが武官の家柄、その手の話は知っておるようだな」

弥一郎は右手を顔の横に上げ、軽く振ってみせた。

「かつてのお役目には差し障る腕だが、おまえの相手ぐらいであれば何の苦もない」

翔右衛門はごくりと唾を飲んだ。

「岡田どのが相手にしてこられたのは、いったい、どれほどの……」

「今のおまえの力量であれば、十数え終わらぬうちに斬られるであろう」

大げさではない。

「もし、おれが、かつての同輩と剣の稽古をしたとして……以前であれば二本に一本は取れていたところ、今は一本も取れぬであろうな」

命懸けの真剣勝負であれば、確実に殺られる。素手で取っ組み合っても敵うまい。普段の暮らしにはさほど支障がなくとも、やはり万全の動きができなくなった弥一郎に密偵の任は務まらぬのだ。

「両刀遣いもおれば、手裏剣や馬手差しを使う者もおる」

馬手差しとは、右腰に差して右手で抜く刀である。組み打ちなどの便宜上、古くから使われてきた。

「御成の際に将軍をお守りする御徒であれば、もっと精進が必要ではないか」

翔右衛門は、がっくりと肩を落とした。

「若い御徒の中では、わたしも見込みがあると言われているんですが……」

「謀反を企む者は、なり振り構わず、どんな卑怯な手でも使ってくるぞ。飛び道具などに対する構えも学んでおかねば」

翔右衛門は恐る恐るというふうに弥一郎を見上げた。

「岡田どのに教えを乞うわけには――」

「無理だ」

弥一郎は即答した。

「御徒衆の中にも手練れはおろう」

翔右衛門の目元にわずかな力がこもった。

「思い当たる人物がおるようではないか」

「はあ……ですが、なかなか気難しい方で、わたしなどに稽古をつけてくださるかどうか……」

「毎日でも通って、拝み倒せ」

今の弥一郎が稽古をつけてやっても、翔右衛門の目覚ましい成長はないだろう。万全でない状態では、手取り足取り教えるにも限度がある。

それに、同じ任に就く御徒に教えを乞い、日頃から互いの癖などを把握し合っていたほうが、実際の警護の際にも動きやすいはずだ。気難しい人物であればなおのこと、相手の懐に入っておいて損はない。

よほど苦手な人物なのか、翔右衛門の表情は暗い。

弥一郎自身も愛想がないほうだという自覚があり、人づきあいが苦手な者の気持ちもわかるが――。

「素直なおまえであれば、きっと受け入れられるであろう」

翔右衛門は、むっと顔をしかめた。

「素直というのは、褒め言葉ではございませんよね」

先ほど言われたことを気にしているのか。

「敵と対峙する際には短所になるやもしれぬが、味方とつき合う際にはじゅうぶん長所となるであろう。仲間同士で腹の探り合いをせねばならぬのは、面倒だからな」

翔右衛門は納得しかねると言いたげな表情で、ちらりと宙を睨んだ。

「では岡田どのにとっては、いかがです？」

翔右衛門は気を取り直したように、弥一郎に向き直った。

「時枝姉上に近づいた男がどのような人物か確かめに参りましたが、岡田どのは信用に足るお方とお見受けしました」

翔右衛門はにこりと笑う。

「岡田どのにとって、わたしは、腹の内を明かすに足る人物でござりましょうか」

「何だと」

「今すぐ判断できぬというのであれば、見極めるためにも、ぜひ親睦を深めさせていただきたい。この辺りで、どこかゆっくりできる店をご存じありませんか」

弥一郎はこめかみを押さえた。頭痛が起こりそうだ。

翔右衛門は踵を返して、来た道を戻り始める。弥一郎があとに続いてくると思い込んでいる足取りだ。

「不忍池まで戻れば、どこかよい店があるでしょうか」

朗らかな声を出しながら歩いていく翔右衛門の後ろ姿に、一瞬、六郎太が重なった。弥一郎の周りに人の話を聞かぬ者が集まってくるように感じるのは、ただの気のせいだろうか。

ずんずん歩き続ける翔右衛門の背中に向かって、弥一郎は大きなため息をついた。

「何と面倒な……」

小石川へ向かって全力で駆けようかとも思ったが、けっきょく翔右衛門のあとを追って、弥一郎は坂道を下った。

茅町(かやちょう)二丁目にある居酒屋「浮(う)き島(しま)」の戸を引き開けると、すぐに「いらっしゃいませ」と声がかかった。店を一人で切り盛りしている若き料理人、勇吾(ゆうご)が出てくる。

「岡田さま、奥へどうぞ」

「うむ」

調理場近くの小上がりへ腰を下ろす。翔右衛門が向かいに座ると、すぐ酒と小鉢が運ばれてきた。

「烏賊(いか)とわかめの酢味噌(すみそ)あえでございます」

弥一郎に一礼すると、勇吾は背筋を伸ばして翔右衛門に向き直った。

「店主の勇吾と申します。以後、お見知りおきを」

翔右衛門はうなずいた。

「新田翔右衛門と申す。岡田どのは長くこちらに通っておられるのか？」

「はい――と申しましても、伯父からこの場所を引き継いで、新しく店を開けたのが今年の睦月でございますが――その初日にご縁をいただいてからは、しょっちゅうお越しいただいております」

勇吾は自信ありげに口角を上げて続けた。

「ご注文は何になさいますか？　今ある食材で作れる物でしたら、何でもお作りいたしますが。お嫌いな物はございませんか」

「特にないが――」

「では、いつも通り任せる」

弥一郎が口を挟むと、勇吾は承知して調理場へ引っ込んでいった。その後ろ姿を、翔右衛門がじっと目で追っている。まるで「本当に何でも作ることができるのか」と訝しんでいるように。

「安心しろ。この店は何でも美味い」

と言いながら、弥一郎は烏賊とわかめの酢味噌あえを頰張った。

ぷりっと嚙みごたえがありながらも、やわらかな烏賊の甘みが口の中に広がる。烏賊に絡みついている酢味噌の甘さが控えめで、何とも好ましい。酢の加減もちょうどよく、烏賊の風味をしっかりと引き立てている。

翔右衛門が「むぅ」と唸り声を上げた。

「これは美味いですね」

翔右衛門の小鉢は、あっという間に空になる。

酢味噌あえの味が流れてしまうのを惜しむような表情で、翔右衛門は酒を飲んだ。だが酒の味にも満足したようで、注ぎ足してやると、すぐにまたひと口飲んだ。

「いける口か」

「いえ、それほどでも。ですが酢味噌あえの絶妙な味に、今日は酒がどんどん進みそうです」

弥一郎は鷹揚にうなずいて、酒を舐めた。勇吾の味を気に入ったのであれば、何よりである。

「ところで、岡田どの」

翔右衛門は杯を置くと、弥一郎の胸元をじっと見た。

「先ほどから気になっていたのですが、懐のその膨らみは——」

杯をあおろうとしていた弥一郎は手を止めた。思わず胸元を隠すように、さりげなく腕を動かしてしまう。

「泉屋を訪れた時から、物を入れておられましたか」

何をもらってきたのか気になっている様子だ。弥一郎がどれほど泉屋と——否、時枝と親しくしているのか、その物からも推し量ろうとしているのだろう。

弥一郎は胸の内で舌打ちをした。

泉屋の前に立った時は、中から飛び出してきた官九郎に気を取られてしまい、翔右衛門の存在に気づかなかった。物陰からこっそり窺(うかが)っていたのだろうが、あの場面から見られていたとは——。

弥一郎は平然とした面持ちを保ちながら酒を飲んだ。

「おれが何を持っていても、おまえには関わりのないことだ」

翔右衛門は居住まいを正すと、自分の懐に手を突っ込んだ。何やら包んである袱紗(ふくさ)を取り出して、弥一郎の膝(ひざ)の前に置く。

「ご覧ください」

促されて開くと、女物の櫛(くし)があった。装飾として、赤い南天の実が施されている。

「見事な細工だな。しかし、だいぶ古そうな……」

ところどころ歯が欠けている。

「時枝姉上のご母堂、麻枝さまが新田家へ嫁がれた際、泉屋夫婦が嫁入り道具のひとつとして作らせた品だそうです」

弥一郎は櫛に伸ばしかけた手を止めた。翔右衛門が身を乗り出してくる。

「時枝姉上と泉屋夫妻に確かめていただければ、本物だとわかります」

翔右衛門の目は、嘘をついているようには見えない。

「形見として、時枝姉上の手元に残されていたのです。時枝姉上はたいそう大事にしておられました」

翔右衛門は心苦しそうに目を伏せる。

「ですが、ある日、わたしの母が櫛を取り上げてしまったのです」

翔右衛門が十の時だったという。

「雪の降る、寒い日でした。白くなった裏庭の片隅で、南天の赤い実だけがやけにくっきりと見えたのを、よく覚えています。まるで時枝姉上の胸の痛みが、血しぶきの代わりに赤い実となったように感じて……」

翔右衛門が酒をあおった。弥一郎は黙って酒を注いでやる。

「あの時、母は、時枝姉上の雪かきのやり方に難癖をつけました。朝早くやってくる棒手振たちのために、勝手口前の雪をどけておくよう言いつけていたのです」

夜明け前から降っていたらしい雪のせいか、いつもであれば早朝からやってくる棒手振たちも、なかなか姿を現さなかった。それでも翔右衛門の母、雅美は、一刻も早く雪をどけろと厳しく命じたという。

弥一郎は眉をひそめる。

「新田家に下男はおらぬのか？」

「おります」

翔右衛門は即答して、顔をゆがめた。

「下男には、表の雪かきを命じておりました。本来であれば、勝手口のほうも下男に任せるべきところでしたが、母は……」

「何としても、時枝どのを寒さの中で働かせようとしたのか」

翔右衛門はうなずいた。

「もし下男が手を貸せば、母は激昂して、ますます時枝姉上にきつく当たったでしょう」

ゆえに下男は手を貸すことができなかった。時枝を案じながら、たまに声をかけることしかできなかったのだ、と翔右衛門は語る。

「雪はここに寄せたほうがいいとか、鋤はこう使ったほうがいいとか、時枝姉上に助言する下男の声がわたしの部屋まで聞こえてきました」

翔右衛門は自室で四書五経を学んでいるよう父に命じられ、論語を素読していたという。

翔右衛門は恥じ入るようにうつむいた。

「父の言葉に逆らうことができなかった――というよりも、母の醜い姿を見たくなくて、逃げていたのです」

弥一郎は顔をしかめた。

「新田さまは、ご在宅であったのか」

実の父親までもが見て見ぬふりとは情けない、という言葉を弥一郎は呑み込んだ。

翔右衛門が苦しげな息を吐く。

「父は、母に負い目を抱いているようです。時枝姉上を陰でかばっていたのやもしれませぬが、わたしは見た覚えがございません」

弥一郎は酒をあおって手酌した。

「前妻に心を残していたからか。その忘れ形見の時枝を育てさせようとしたからか」

武家の女として生まれ育ち、後妻として新田家に入ったのであれば、雅美も多少の覚悟は持っていたのであろうが……。

「父に嫁ぐ前、母は別の男に想いを寄せていたのです」

相手も雅美を憎からず思っていたようだ。

「その話を、わたしは最近になって聞きました」

御徒（おかち）衆と飲んだ席で、昔の噂話が出たのだという。

雅美は別の男と想い合っていた。同じ御徒組の男だ。男が縁談を申し入れようとしていた矢先に、新田家が雅美を後妻に迎えたいと言い張った。

「当時まだ存命だった祖母が、新田家を守るため、無理を通したようです。すでに鬼籍に入っていた祖父が昔、母の実家の借金を肩代わりしてやった時の恩を返せと迫ったそうで」

借金の詳細は翔右衛門も知らぬが、病人が出た際の薬代らしいと聞いていた。

「祖母は、何としてでも新田家の跡継ぎを産む女子を見つけなければならぬと、あせっていたのです。胸をわずらい、余命が長くないと悟っていたようで」

自分が死んだあと、まだ幼い時枝の世話をする女手も必要だと考えたらしい。

「母方の祖父は、新田家から受けた恩を返さねばならぬと言って、母を父のもとへ嫁がせました」

想い人と結ばれる未来を、雅美は失った。

――なぜ、わたくしが――。

雅美の悲痛な叫びは、みなの耳に入っていたにもかかわらず、誰からも聞こえないふりをされた。

「母は娘時代に、麻枝さまと面識があったそうで。それが時枝姉上への憎悪を募らせる、大きな一因となったのでしょう」

貧しいながらも武家の女である雅美は、年頃になると花嫁修業を始めた。下級武士の子女を多く教えている箏（こと）の師範のもとへも通った。

「そこに、麻枝さまもいたのです」

町人の娘として生まれながらも裕福な家に育った麻枝は、箏や三味線など、いくつかの習い事をしていた。

「麻枝さまは箏の名手だったらしく、いつも師範に褒め称（たた）えられていたそうです」

師範のもとで毎回顔を合わせるわけではなかったが、年に何度か設けられた披露の場で、みなも見習うよう言われていた。

「御徒衆のご内儀の一人が、同じ箏の師範についていて、若かりし日の母と麻枝さまをよく覚えていたのです」

その夫から、翔右衛門は話を聞いていた。

「美しく聡明な麻枝さまは、下級武士の娘たちにとって、まぶしい存在だったのです。上等な着物をまとい、高価な簪を身につけていても、決しておごり高ぶることなく、また相手が古ぼけた着物をまとっていても、武家の娘として立て、見下したりはしない」

誰にでも優しく、親切な麻枝に憧れ、慕う者は多かった。

「けれど、母は違ったのです」

何もかもが恵まれているように見えた麻枝に嫉妬した。女として、どうあがいても敵わぬ相手だと思い、嫌悪したのである。

しかし、あからさまに攻撃するような真似はしなかった。いかなる時も体面を重んじるよう育てられてきた雅美は、他人目を気にしてか、決して自分からは麻枝に近寄ろうとしなかったという。

「おそらく、麻枝さまに対する嫉妬が表に出ることを恐れたのでしょう」

麻枝を気にしていると悟られれば自尊心が保てぬ、と雅美は思っていたようだ。

受け入れられぬ相手から隔たるのも、穏やかに過ごすひとつの手であろうと、弥一郎は考える。

「麻枝さまが御徒の家に嫁いでこなければ、ただ同じ習い事をしていた者という間柄で終わっていたはずです。麻枝さまが、泉屋と同じく裕福な町人にでも嫁いでいれば――」

だが翔右衛門の父、仁右衛門に見初められた麻枝は、武家の養女となって新田家へ嫁いだ。

「麻枝さまが御徒の妻となり、同じ町内に住むようになったあとも、母は自ら関わりを持とうとしなかったそうです」

雅美が想いを寄せていた男と結ばれ、幸せになった暁には、もしかしたら麻枝と親しく語り合う未来なども訪れたかもしれない。若い頃にいがみ合っていた者同士が、大人になってからわかり合えることもあり得るのだ。なぜ、あの時あれほど相手を嫌っていたのかわからぬと、笑いながら振り返る者たちだっている。

長い時が経てば、雅美も自尊心を取り戻し、落ち着いて麻枝と向き合えたかもしれない。子育てについて互いに意見し合う場面が見られたかもしれない。

翔右衛門はやるせなさそうに苦笑した。

「まあ、そのような未来が訪れていれば、わたしも芙美も、今頃この世に存在しないのですが……」

喉を湿らせるように酒を舐めて、翔右衛門はため息をついた。

「武家の婚姻は御家のため――なれど無理やり嫁がされた母の無念は、すべて時枝姉上にぶつけられました。早く跡継ぎが欲しいといっても、新田家が乳飲み子さえ抱えていなければ、そこまで急いで後妻を迎える必要もなかったのではないかと、母は考えたのです」

――時枝さえいなければ――。

そう憎々しげに呟く雅美の姿を、翔右衛門は幼い頃から何度も見てきたという。

「母が時折こぼしております愚痴によると、生前の祖母は、母の顔を見るたびに『早く跡継ぎを』と申しておったそうです」

せっかく乳飲み子がいる家に嫁いできたのだから、跡継ぎが生まれた時の練習と思い、時枝の世話にしっかり励め、と雅美は姑から命じられた。

「新田家の安泰を強く願う気持ちと、生後間もなく母親を亡くした時枝姉上への不憫さゆえか、母に対する祖母の言動は、いささか配慮に欠けていたようです」

――何が練習だ、あの女の子供など抱きたくもない――。

雅美はかたくなになった。姑が何か言うたびに「そもそも、この姑が強引に縁談をねじ込んでこなければ、自分が新田家に嫁ぐこともなかったのだ」という思いを強めていった。

時枝に触れようともしない嫁に、姑は怒った。

――おまえは何のために新田家へ嫁いできたのですか――。

嫁いですぐに跡継ぎができないことも散々責めた。

――子を産めぬ役立たずの女など、嫁にもらうのではなかった――。

「母が逆らってばかりいたので、祖母も意地になって、きつく当たってしまったのだと思います。ですが、それを言われてしまっては」

翔右衛門は言葉を切って、複雑そうな表情で目を伏せる。

「母も『こんな家に嫁ぎたくなかった』という思いを増していったことは想像に難くありません」

わたくしには他に想う人がいたのに……あの人とならば、きっと幸せな夫婦になれたはずなのに……母はそんな思いを募らせていったのではないか、と翔右衛門は悲しげに続けた。

弥一郎は酒を口に含む。心なしか、先ほどよりも辛く感じる。素早くごくりと飲み込んで、体の奥へ押し流した。

「時枝どのが大病をしたため子を産めなくなったという嘘は、おまえの母が姑からなじられていた言葉を、そのまま使ったのか」

翔右衛門はうなずいて、酒をあおった。

「祖母が存命の間、懐妊しなかった母は、もしかしたら祖母の目が黒いうちは絶対に子を産んでたまるかと思っていたのやもしれませぬ」

まるで自分の存在を母親に拒まれていたような表情をして、翔右衛門は空の杯を握りしめた。弥一郎は酒を注ぎ足してやる。

どんな執念があろうと、懐妊ばかりは思い通りにできぬであろう――と言ってやりたいところだが、強過ぎる不満が体に作用して懐妊しにくい状態を作り出していた恐れは否めない。かつて採薬師の任に就いていた弥一郎は、月の障りなど女人の体に効く薬草についても学んでおり、その過程でさまざまな症状や状況があることを医者から教わっていた。

弥一郎は、ちびりと酒を舐める。

「時枝どのから許嫁を奪い、その男のもとへ芙美を嫁がせたのは、腹を痛めた我が子にかつての自分と同じ無念を味わわせたくなかったからであろうか」

芙美が徳之進を望んだから、時枝の縁談は壊されたのだと、官九郎は言っていた。

翔右衛門は否定しない。

「ですが、それは時枝姉上を虐げてもよいという言い訳にはなりません。あの日、母は、時枝姉上から櫛を取り上げるべきではなかったのです」

翔右衛門は雪の日に話を戻した。

――なぜ、このように雪を寄せたのです！　あちこちに汚らしい小山ができて、みっともない――。

雅美の甲高い怒鳴り声に、翔右衛門は素読していた論語の紙面から顔を上げた。

時枝は下男の助言を受けて、裏庭の日当たりのよい場所に雪を寄せていたのだ。

一ヵ所にまとめず、何ヵ所かに分けたのは、溶けやすくするためだった。

――この家は雪の寄せ方がなっていないと、棒手振たち町人に侮られたらどうするのですか――。

「完全な言いがかりでした」

一ヵ所にまとめていたならば、これでは雪がなかなか溶けぬと怒られていただろう。

――雪かきも満足にできぬおまえに、罰を与えます。さっさと両手をお出しなさい。早う！　ぐずぐずするでないっ――。

雅美の金切り声に、翔右衛門は思わず自室を飛び出した。

——引っ込めるでない！　もっと前へ、高く上げるのです！　わたくしが、おまえの腐った性根を叩き直してやるっ——。

翔右衛門が勝手口に駆けつけた時、雅美は竹の物差しを振り上げて、外に立たせた時枝の手を叩いていた。

「何度も、何度も、母は時枝姉上を叩いておりました。ひゅんひゅんと、物差しを振り下ろす音が響くほどに強く……」

時枝の手の甲は赤く腫れ、血がにじみ出ていたという。

翔右衛門が後ろから飛びつき、羽交い締めにして止めると、雅美はますます憤った。

——おまえは母を裏切って、あの者の味方をするのかっ——。

あまりにも暴れるので、翔右衛門はやむなく時枝の味方をしているのではないと言い張った。

——母上、あまり大きな声を出してはなりませぬ。母上が折檻をしていると近隣に広まってしまいますよ——。

雅美は血走った目を翔右衛門に向けた。

──何を申すか。これは折檻ではない。立派な躾けであろう──。

興奮した雅美をなだめるため、翔右衛門はうなずいた。

──ですが、このままでは誤解されてしまいます。外聞が悪くなってしまいますよ──。

翔右衛門の言葉に、雅美はやっと静かになった。体面を重んじるよう育てられてきた雅美にとって「外聞が悪くなる」という言葉は効き目があった。

「母は家の中に引っ込みました」

けれど腹立ちは一向に収まらなかったようだ。時枝の存在自体が許せぬという気持ちは、雅美の中に深く根を張り、心をむしばんでいる。

「まだ十だったわたしの目にも、それは明らかでした」

物を投げつけるような音が何度かしたので、翔右衛門は恐る恐る様子を見にいった。

「母が何か、よからぬことをしていると思ったのです。その日は、いつもより母の剣幕が激しかったので、これはまずいという気がしました」

時枝も不安に思ったようで、翔右衛門のあとをついてきた。

不審な物音は、時枝の部屋のほうから聞こえてくる。

開け放たれた襖の向こうを覗き込んで、翔右衛門は絶句した。葛籠や着物、割れた鏡などが散乱していたのだ。

「時枝姉上が持っている物は数少ないのですが、そのほとんどが芙美の使い古したお下がりでした。けれど中には、隣のご内儀からいただいた書物などもあり……」

大事な物は、小さな葛籠の中にしまわれていたようだ。

「それも含めて、部屋にあった物すべてが乱雑に引っくり返されていました」

翔右衛門は、麻枝の形見である櫛をじっと見つめた。

「母は、この櫛を手にして部屋の真ん中に突っ立っておりました」

――いつまでも、こんな物があるから悪いのです。死人の残した物など置いておけば、この家は呪われてしまう――。

虚ろな目で呟くと、雅美は両手で櫛を折ろうとした。

「まるで、自分にかけられた呪いを必死に解こうとしているようでした」

――やめてくださいっ――。

時枝が悲鳴を上げて、雅美にしがみついた。

――母上の形見は、それしか残っていないのです。その櫛まで取り上げられたら、わたくしは――。

櫛を取り返そうとする時枝を突き飛ばして、雅美は櫛を床に投げつけた。

――こんな物――。

何度も足で踏みつける。

――やめてっ――。

時枝は強く雅美を押した。雅美がよろけた隙に、櫛に覆いかぶさる。身を挺して、櫛を守ろうとした。

――お許しください。どうか、これだけはお許しください――。

懇願する時枝を、雅美は睨みつけた。

――許すものか――。

「あの時の母の声には、ぞっとしました。背筋が粟立つという感覚を初めて味わいましたよ。まるで、呪いにむしばまれて物の怪になってしまったかのような……」

時枝の髷を鷲づかみにすると、雅美は強く引っ張り上げた。左右に激しく揺さぶったり、ぐるりと回したり――こらえきれずに、時枝は身を起こした。すかさず雅美は櫛に飛びついて、時枝の手から引き剝がした。

――おまえたち、何をしておるのだ――。

不意に、翔右衛門の背後から声が上がった。振り向くと、仁右衛門が立っていた。

雅美は憎しみのこもったような目で仁右衛門を睨みつけた。

――わかっているでしょう？　すべて、あなたのせいです――。

雅美は櫛を握りしめて部屋を出ていく。戸口ですれ違っていく妻の姿を、仁右衛門は呆然と眺めていた。

「父は、あの時、いったい何を思っていたのでしょうか。わたしには、物の怪を生み出してしまった悔いを噛みしめているようにも見えました」

時枝が泣き叫びながら、雅美のあとを追った。

――返して！　わたくしの櫛を返してっ――。

その悲痛な声で我に返った翔右衛門は、戸口にたたずむ父を残して、時枝に続いた。

「母は勝手口から外へ出ました」

雪はやんでいた。南天の赤い実だけが、真っ白い世界の中で鮮やかに色づいて見えた。

雅美の怒鳴り声に気を揉んでいたらしい下男が、案じ顔で勝手口の脇に立っていた。

「母は、櫛を捨ててくるよう下男に命じました」

櫛（くし）に手を伸ばそうとする時枝の腕をつかんで、雅美は笑った。

――家の仕事がまだ残っておるぞ――。

嫌がる時枝を無理やり引っ張って、雅美は再び家の中へ入っていった。

「時枝姉上は、まるでこの世の終わりのような表情で気力を失い、母に引きずられていきました」

下男を見ると、つらそうな顔で頭（かぶり）を振っていた。

――若さま、わしにはできません――。

翔右衛門はうなずいて、下男の手からそっと櫛を取った。先ほど強く踏みつけられた櫛は、歯が何本か欠けていた。

――誰にも内緒にしておくれ――。

――へい、わかっております――。

懐に櫛を入れて自室へ戻ると、翔右衛門は折を見てこっそり踏み台を持ち出し、天井板をはずした。母親や芙美に見つからぬよう、天井裏に隠したのである。

当時だいぶ背が伸びていたといっても、まだ十の頃。何度も落ちそうになりながら、やっとのことで天井板をはずしたという。

「幸いにも、誰にも気づかれませんでした」

翔右衛門は櫛を袱紗で包み直すと、弥一郎に向かって深々と頭を下げた。

「この櫛を、岡田どのに託したく。どうか――」

「やめろ」

翔右衛門をさえぎって、弥一郎はそっと櫛を押し戻した。

「おまえが時枝どのに渡せばよかろう」

翔右衛門はのろのろと顔を上げる。

「どのような顔をして、今さら――わたしは時枝姉上に会えません」

「なぜだ」

「雪の中で色づいていた南天の赤い実が、いつまでもわたしのまぶたの裏に残って、離れぬのです」

翔右衛門は膝の上で拳を握り固めた。

「わたしは何もできませんでした。時枝姉上をかばうどころか、見て見ぬふりをしていたのですよ」

「父親すら頼りにならなかったのだ。幼い頃のおまえには荷が重過ぎたであろう」

翔右衛門は頭を振った。

「母はともかく、芙美から守る術はあったやもしれぬのに――」

翔右衛門は悔しそうに吐き捨てた。

「我が家は歪なのです」

そのゆがみに耐えきれなくなったかのように、翔右衛門は大きく息をついた。

「泉屋から送られてきた時枝姉上への贈り物は、毎回、時枝姉上の目の前で開けられてきました」

着物、帯、簪、巾着――ひと目で上等とわかる品々の多くは、ぱっと目を引く鮮やかな色合いの小間物だった。風呂敷包みや箱の中からそれらが取り出されるたびに、時枝は一瞬だけ大きく目を輝かせていたという。

「一瞬だけですよ」

届けられた物はすべて、すぐに芙美の物となってしまうのだ。時枝には、触れることさえ許されなかった。

「芙美が幼い頃に持っていた毬や人形などの玩具も、みな泉屋からの贈り物だったのです。物心ついてから、わたしが初めてそれを知った時は、本当に驚きました」

もし万が一にも祖父母と対面する機会があれば、きちんと礼を述べるように。いつ何をもらったのか、しっかり把握しておけ、と雅美は時枝に命じていた。

「ですが、時枝姉上の目の前で贈り物を芙美に渡したのは、別の目論見もあったはずです」

何ひとつ、おまえの物にはならぬのだ。家族の情など我らに求めるな。実の父親とて当てにはならぬぞ。おまえ一人だけが、この家の中の異物なのだ。おまえさえいなければ、我らは幸せになれるのに。おまえのせいで、家の和が乱れる。おまえなど、いなくなってしまえばいい――そんな憎悪を思い知らせるために、雅美はわざと時枝の前で贈り物の包みを開けていたのではないか、と翔右衛門は語る。

「母上の思惑に、芙美が輪をかけました」

本来であれば時枝がまとうはずだった着物をまとい、簪をつけ、巾着を手にして時枝の前に立つのだ。

――見て、この深紅の花柄。とても美しいわねえ。だけど、姉上にこの色はまったく似合わないわ。わたくしのほうが、ずっと似合う。だから、もらってあげる――。

「まるで、自分のおかげで贈り物が無駄にならなかったのだから感謝しろ、とでも言いたげなのです」

――これを普段着にすれば、組長屋の中で、わたくしだけ目立ってしまうわ。泉屋は、御徒の暮らしをよく知らないのかしら。貧弱な姉上が着れば、完全に分不相応に見えてしまうのに。少し使いにくいけど、仕方ないわね。わたくしが何とか着こなすしかないわ――。

「必ず非難めいた言葉をつけ加えて、時枝姉上を睨みつけることも忘れない。奪い取る側が、なぜ、そんなに傲慢になれるのか」

傲慢だから、平気で人の物を奪い取れるのだ――弥一郎は胸の内で答えた。

翔右衛門の話を聞きながら、やはり時枝が好きな色を身につけなくなったのは、芙美と継母のせいだったと改めて思う。

時枝には「似合わない」「分不相応」という言葉を、幼い頃から何度もすり込んできたのだろう。躾けと称して痛みを与えることにより、その贈り物は自分の物だと主張する気力を奪ってきたに違いない。

無垢な幼子の心を折るのは、さぞたやすいことであったろう。赤子の頃より「おまえは邪魔な生き物だ」と言われ続けてきた時枝には、幸せになることがどういうことか、まだよくわかっていないのかもしれない。

「わたしは芙美からも逃げていました」

失態を懺悔するような声で、翔右衛門が続ける。

「あいつは口が上手い――というか、両舌というか――」

時枝から取り上げた着物をまとって外出する際は、顔見知りに会うと、まず困ったように笑う。

——この着物、時枝姉上のお祖父さまとお祖母さまからいただいたのです。姉上のために選んでくださった着物ですのに、姉上ったら、色も柄も気に入らないから着たくないだなんて——。

いかにも困っていますという表情で、芙美は微笑むのだという。

——ですが、着物に罪はないでしょう。せっかく仕立ててもらったんですもの、誰かが着ないとかわいそう。姉上が捨てようとしたので、母が叱りましたら、芙美にくれてやると言われましたので——。

そんなふうに言われた相手は、まず「捨てるだなんて、もったいない」と眉をひそめる。そして慰めるように「芙美さんによく似合っていますよ」と褒めるのだ。

「みんな芙美の話をどこまで信じたのか知りませんが、わたしは何度もそんなやり取りを見てきました」

幼い頃からのくり返しなのだという。

毬も、人形も、大事そうに抱えて外へ出て、他人目につけば「時枝姉上のお祖父さまとお祖母さまにいただいたのです」と語り出す。そのあと必ず「姉上がいらないと言うから」と悲しそうに微笑むのだ。

「わたしも、やられたことがあるのです」

当時を思い出したのか、翔右衛門がいまいましげに舌打ちをした。

「芙美が庭で毬つきをしていた時、野良猫が近寄ってきました。どこかで餌をもらっているのか、とても人懐こい猫で、毬にじゃれつこうとしたのですが」

時枝から奪った新しい毬だったので、芙美は嫌がった。

――汚い野良猫なんかに触られたくない――。

しっしっと手を振り、追い払おうとしたが、猫は離れない。芙美は猫に向かって、足を上げた。

「猫が蹴られると思ったわたしは、大声で『やめろ！』と叫びました」

猫は驚いて逃げていった。

「と同時に、驚いた芙美もよろけて、転んでしまったのです」

猫に向かって足を大きく振り上げていたのがいけなかったらしい。同じく時枝から取り上げた着物も土で汚れてしまった。

「芙美は大声で泣きました。何事かと駆けつけてきた母に向かって、わたしを指差したのです」

――翔右衛門が――。

雅美の後ろには、同じく御徒衆の妻がいた。

「芙美は来客があったのを知っていたのです。だから何があったか問われて、猫を足蹴にしようとしたことがわたしの口から漏れたら、まずいと思ったんでしょうね。自分の外面のよさを保つため、弟のわたしが毬を奪い取ろうとして、芙美を押したことにしたのです」

むろん、芙美はひと言も話さない。ただ「翔右衛門が、翔右衛門が」とくり返すのみである。泣き続けて仔細を話さぬ芙美にじれた雅美が、ああだったのか、こうだったのかと進めていく想像の話に、時折小さくうなずくような仕草を見せた。

来客は苦笑しながら芙美を慰めた。

――男の子は、女の子に比べると、少々乱暴だものねえ。うちの息子も木刀を振り回して遊んでいますよ――。

いつの間にか、完全に翔右衛門が悪者になっていた。

「違う」と言い張っても、母は信じてくれない。芙美の言葉を鵜呑みにして、翔右衛門を叱るばかりである。

「叱られているうちに、わたしが芙美に向かって大声を出したからいけないのか、という気になってしまいました。芙美は、わたしの名を言い続けるだけで、その時は嘘をついていたわけではありませんでしたから……」

同じような目に何度か遭って、翔右衛門は芙美を警戒するようになった。

「芙美に近づくと、ろくなことがないと思いました」

同じ屋根の下に住んでいるので、顔を合わせないわけにはいかないが、できるだけ避けるようにした。芙美と雅美は馬が合うらしく、よく一緒にいる。芙美の言い分ばかり認められるのを目の当たりにするのもたまらないので、母からも距離を置くようになった。男だったので、女親から離れても成長の証と取られ、誰にも何も言われなかった。

「ですが、その結果、わたしは時枝姉上を孤立させてしまったのです」

翔右衛門は思い詰めた表情で、袱紗に包まれた櫛を見つめた。

「母も、芙美も、上手くゆかぬことはすべて時枝姉上のせいにして、溜飲を下げていました。わたしはそれを知りながら、傍観して、時枝姉上にも近寄らぬようにしておりました。二人の注意が自分に向かぬよう、息をひそめて、姉上の陰に隠れていた卑怯者なのです」

櫛に向かって詫びるように、翔右衛門は頭を下げた。

「どうか、これは岡田どのから時枝姉上に――」

弥一郎は小さなため息をついて、櫛と翔右衛門を交互に見た。

櫛に施された南天の細工について思いを巡らせれば、泉屋夫婦の心を推し量るのはたやすい。官九郎とおろくは、麻枝を嫁がせる際、武家で苦労するだろう一人娘を案じて、南天の意匠を選んだのだ。どんな苦難も乗り越えて、必ずや幸せになって欲しいという願いを込めたに違いない。

自分を産んですぐに亡くなった生母の顔を、時枝は覚えておらぬはず。形見の櫛を眺めながら、きっと実の母が守ってくれているはずだと信じていたのだろうか。このつらい日々はいつか終わり、幸せになれると夢見ながら、南天の装飾に触れていたのだろうか。

弥一郎は懐に手を当てた。時枝が手甲の裏に施してくれた縫い取りも、南天である。いったいどのような気持ちで、時枝は南天の意匠を縫い取っていたのだろうか……。

「顔を上げろ」

弥一郎は櫛を手にして、翔右衛門の前に掲げた。ゆっくりと顔を上げた翔右衛門が、櫛を見つめる。

「これは預かっておいてやる」

弥一郎の言葉に、翔右衛門の目が輝いた。

「では」

「預かるだけだ。おまえの家に置いておけば、見つかってしまう恐れがあるからな」

誰に――とは言わずもがな。

弥一郎は懐に櫛をしまった。櫛と手甲を重ね合わせて、そっと奥へ押す。

「時枝どのから、手甲をもらった」

翔右衛門は、はっとした顔で弥一郎の懐に目を向けた。

「もしや、時枝姉上のお手製では」

「変化朝顔の種をやった礼だと申しておった」

弥一郎は早口で続ける。

「手甲には、南天の縫い取りがしてあったぞ」

翔右衛門は複雑そうな表情で唇を引き結んだ。

「なぜ、そのような顔をする。時枝どのにとって南天は、つらい思い出になっていないのだという証ではないか」

翔右衛門が救いを求めるように、弥一郎を見た。その眼差し（まなざし）をまっすぐに受け止めて、弥一郎はうなずく。

「幼い頃に無力なのは仕方あるまい。子は、親に守り育てられるものだ。生きていくため、おのれの心を保つために、親の顔色を窺(うかが)わねばならぬ場合もあろう」

「ですが……わたしは、やはり自分を許せぬのです」

「南天を見るたびに、過去のおのれを嫌悪して卑下し続けるつもりか」

ぴしゃりと言い放てば、翔右衛門の頬にうっすらと朱が差した。

「南天は珍しい植物ではないのだ。江戸のどこにでも植えられているぞ」

このまま一生ずっと、時枝と会わぬつもりか。家族から顔をそむけたまま、その家の中にいずれ自分の嫁を迎え入れるのか。新田家の次期当主として、家のゆがみをどうする――そんな思いを込めて見据えると、翔右衛門は意を決したように顎(あご)を引いた。

「岡田どの、時枝姉上が作った手甲を明日からつけてください」

翔右衛門は居住まいを正して続けた。

「しばらくの間、利き腕が痛むふりをしていただきたいのです」

弥一郎の利き腕を狙い、散々痛めつけたと嘘をついて、芙美を喜ばせてやるのだという。

「油断させて、様子を見ましょう」

そして芙美と雅美の目の届かぬところで、自分の思いの丈を仁右衛門にぶつけてみると続けた。

「父も長年、家族と向き合うことから逃げております。わたしが話そうとしても、避けられてしまうやもしれませぬが」

時枝の今後について、家長として、そして父親としてどう思っているのか、仁右衛門の意向を問うつもりだと翔右衛門は語った。

「その返答次第では、時枝姉上の泉屋滞在が一時しのぎではなく、この先もずっと祖父母のもとで暮らしてもらったほうがよいのではないかと訴えるつもりです。時枝姉上には、もう苦労してほしくないので」

「やはり実家にいては、心穏やかに過ごせぬか」

わかりきっていることだが、つい確かめてしまう。

「残念ながら、おそらく……」

翔右衛門は悲しげに目を伏せたが、すぐに大きく見開いて、弥一郎を見つめた。

「わたしが新田家を変えます。いつか姉上が、安心して里帰りできる家を、必ずや築き上げてみせます。今こそ変わらねば、わたしは一生、南天を直視できなくなってしまう」

弥一郎は目を細めた。

「では強くなれ」

「はい」

「おまえが父親と話そうとするのを、女二人は邪魔するやもしれぬぞ。負い目を楯に、いつまで時枝どのを虐げ続けられるかわからぬからな。いざ当主としての決断を下されれば、容易にはくつがえせぬとわかっておるはず」

「なればこそ、油断させておくのです」

「おまえに密偵の真似事ができるか？」

「やってみせます」

弥一郎はうなずいて、杯に手を伸ばした。空だったので注ごうとして、ちろりの中の酒もなくなっていることに気づく。

調理場のほうを見ると、勇吾がこちらの様子を窺っていた。込み入った話と察して、料理を運ぶのを控えていたようだ。勇吾に向かってちろりを振ると、心得顔ですぐに酒の追加と料理を運んでくる。

「大変お待たせいたしまして申し訳ございません。さよりの串焼きでございます」

さよりは「細魚」と書く名の通り、ほっそりとした体をしている。長く尖った下顎を持ち、銀色に輝く美しい魚だ。

けれど目の前に置かれた皿に載っていたのは、細長い身をくるりと巻いて串に刺し、ひと口大にして焼かれた魚である。梅びしおと、わさびが添えられていた。

「さっと軽く塩を振ってありますが、お好みで、梅やわさびをお使いください」

弥一郎はうなずいて、串を一本手にした。じっと見つめていると、勇吾が首をかしげる。

「岡田さま、お嫌いではございませんでしたよね？」

「うむ。次の料理も頼む」

「かしこまりました」

勇吾が調理場へ戻っていく。翔右衛門に向き直ると、弥一郎はさよりを頬張った。

「おまえも食え。芙美にしてやられた過去を、さよりで払拭（ふっしょく）するのだ」

翔右衛門は怪訝（けげん）そうに、さよりを見下ろした。

「さよりは見た目が美しいと言われているが、腹の中は真っ黒い膜で覆われている魚だ」

包丁で下ろす際には、くさみを残さぬため、この黒い膜を取り除かねばならない。

「芙美どのも腹黒い女だからな。万が一にも言い負かされそうになった時には、このさよりを思い出し、相手を食ってやるくらいの気概を出せ」

翔右衛門も串を一本手に取り、まじまじとさよりを見た。

「なるほど……」

がぶりとかぶりついて、さよりを噛みしめると、翔右衛門は口角を上げた。

「これなら、いくらでも食べられますね」

勇吾が次々と料理を運んでくる。

根三つ葉と豆腐の卵とじ、蛸と大根の煮物、こんにゃく田楽、椎茸に鯵のすり身を詰めた焼き物――。

「どれもこれも本当に美味いです」

翔右衛門は感嘆の息をつきながら、まだ器に少し残っている卵とじを見つめた。

「幼い頃、風邪を引いたわたしが熱を出した時に、時枝姉上が卵粥を作ってくれました。今思えば、あれは時枝姉上のために泉屋から差し入れられた卵だったのやもしれませぬが……」

時枝の膳に卵が載ることはなかったようだ。台所の板間で下女とともに食事を取っていた時枝は、すべてにおいて家族から切り離されていたと、翔右衛門はため息をつく。

「それでも、わたしが卵粥を食べると、時枝姉上は嬉(うれ)しそうに微笑んでくれたのです」

熱に浮かされる翔右衛門の世話を任された時枝は、夜中もつきっきりで看病してくれた。額に置いた濡(ぬ)れ手拭(てぬぐ)いがぬるくなれば、すぐに換えてくれた。汗を拭(ふ)き、厠(かわや)へもつき添ってくれた。

日中は、たまに雅美も様子を見にきたが、風邪が感染(うつ)るのを恐れてか、翔右衛門の部屋に長居はしなかったという。

「泉屋では、きっと姉上も卵を存分に食べておられるでしょうね」

「鰻(うなぎ)も食べておるぞ」

弥一郎も泉屋で馳走(ちそう)になった話をすると、翔右衛門は破顔した。

「よかった……」

料理を食べ終えると、翔右衛門はくつろいだ表情で店内を見回した。

「岡田どのにお会いしたい時は、ここへ来ます。言伝(ことづて)を残すこともできますでしょうか」

弥一郎はうなずいた。

「勇吾は信用していい。それから――」

弥一郎はちらりと翔右衛門の左腕に目をやった。

「そっちでも剣を振れるようにしておけ。木刀に重りをつけて、左腕だけで振るのだ。酒瓶に砂を詰めて振ってもよい」

翔右衛門はごくりと唾を飲む。

「むろん、右腕を鍛え続けることも忘れるなよ。おれと通じていることが判明すれば、おまえの身にも危険が迫るやもしれぬ」

「はい」

翔右衛門は緊張の面持ちで背筋を伸ばした。まるで初陣を前にした若武者のような表情だ。

弥一郎は微笑む。

「まあ、飲め」

酒を注ぎ足し、料理の追加を注文してやる。

今度こそ姉を守ると意気込む若者の姿を眺めながら、弥一郎は目を細めた。

調理場から、香ばしいにおいが漂ってくる。

今宵は長くなりそうだと思いながら、弥一郎は杯を手にした。

第二話　縁　談

弥一郎は大鉢の前に立ち、まるで緑の蛸足(たこあし)のような葉を茂らせている木立蘆薈(きだちろかい)（アロエ）を指差した。

「よいか、葉を根元から切り取るのだ。生の葉をすり下ろした汁は、胃を整える薬として使えるが、懐妊中の女人(にょにん)や腎(じん)の悪い者へ与えてはならぬぞ」

隣に並んだ文平は「はい」と答えるが、木立蘆薈のほうを見ていない。弥一郎の手元を凝視している。

「おい、聞いておったか」

鋭い声を飛ばすと、文平は我に返ったように背筋を正した。

「薬草を扱うのは、人の命を扱うのと同じこと。大事なお役目の最中に気を散らすとは、何事だ」

ぎろりと睨(にら)みつければ、文平は「申し訳ございませぬ」と頭を下げる。

「岡田さんの手甲(てっこう)が、どうしても気になってしまい……」

弥一郎は自分の両手を見下ろした。時枝からもらった手甲をつけている。

文平は気遣わしげな目を弥一郎の右手に向けた。

「これまでは手甲をつけておられませんでしたよね。やはり古傷が痛むのでございますか？　利き腕を怪我したのは、何年か前だと伺っておりますが——天候などにより、うずくのでしょうか」

「ああ、いや、まあ、そうだな」

文平は悲しそうに眉尻を下げる。

「決して重い物を持ってはなりませぬよ。お食事の支度などに困ってはおられませぬか？　わたしにできることがありましたら、何なりとお申しつけください」

弥一郎は返答に困った。

植物を扱う際に使う物としてもらった手甲である。せっかくなので、仕事中もつけることにしたのだが——文平にここまで心配をかけるとは思わなかった。しばらくの間は利き腕が痛むふりをしているよう翔右衛門に言われたが、やはり身内を騙すのは気が引ける。

といって、まったく痛くないとも正直に言えぬ。御薬園内に無縁の者が入ってくることはめったにないが、御薬園の敷地内には養生所があるのだ。養生所に出入りする町人たちの耳目に何が触れるかわからない。もし万が一、芙美と繋がっている者が養生所の周りをうろついていたら……。

いや、おそらく間違いなく、うろついているのだろう。翔右衛門が意味もなく手甲をつけろと言うはずがない。

「たいしたことはないのだ。心配はいらぬ」

弥一郎は声をやわらげて、文平の肩を叩いた。

「それより、早く木立蘆薈の葉を収穫しろ。刺に気をつけろよ」

「はい」

文平は表情を引きしめて、木立蘆薈に向かい合う。

「冬は霜に当てぬようにしておりましたが、この先は長雨に当てぬよう気をつけねばならぬのですよね。木立蘆薈は日の光を好みますが、真夏の強過ぎる日差しには配慮せねばならぬ、と」

弥一郎はうなずいた。以前教えたことを、しっかり復習しているようだ。

「葉焼けを起こす場合があるからな。こうして鉢で栽培しておる分には、軒下や室内に移すことができるゆえ、暑さ寒さはあまり心配せずともよい」

「はい」

先ほど手甲に気を取られてぼんやりしてしまった失態を挽回するように、文平は続けた。

「夏場は水をたっぷり――ですが蒸れを嫌うので、昼間の水やりは厳禁。他の植物と同じく、早朝が基本でよろしかったですよね。葉に多く水分を含んでいる植物で、乾燥に強いので、土の乾き具合をよく確かめて、根腐れに注意する」

「そうだ」

刺を気にしながら木立蘆薈に手を伸ばす文平を見つめて、弥一郎は目を細めた。葉の根元に小刀を当てる姿が、以前より少々頼もしく見える。文平は日々の努力を重ねて、確実に成長し続けている。指導する側としても非常に喜ばしい。

収穫した木立蘆薈の葉を荒子（あらしこ）に運ばせ、文平とともに御役宅へ戻ると、六郎太が待ち構えていた。

「弥一郎さん、今日の仕事はもう終わりだろう？」

「日誌を書かねばならぬ」

「すぐに終わらせてくれよ」

弥一郎は眉（まゆ）をひそめた。

「なぜ急（せ）かすのだ」

六郎太は屈託のない笑みを浮かべて、弥一郎の肩に手を置く。

「今日は浮き島へ行かねばならんぞ。勇吾の料理が、おれを呼んでいるんだ。さっきから腹が減ってたまらない」

弥一郎は呆(あき)れるが、ふと、もしや翔右衛門が浮き島を訪れているのではなかろうかと思った。

「弥一郎さん、行かねば絶対に後悔するぞ」

六郎太が断言する時は、動物並みの勘が働いていることが多い。

仕事が終わったあとに、文平が植物日記を見て欲しいと言いたげな顔をしているが……。

「今日は六郎太の誘いに乗るとしよう」

文平がわずかに肩を落とした。

六郎太は破顔して手を叩く。

「よし、ではさっさと日誌を書き終えてこい」

「おまえもまだ書いておらぬのであろう」

鋭い目を向ければ、六郎太は唸(うな)りながら目を泳がせる。

「弥一郎さん、おれの分まで書いてくれたりは――」

「するわけがなかろう。さっさと書け。もし遅ければ、置いていくぞ」

弥一郎は文平に向き直った。

「もし、おれが目を通す必要のある物があれば、明日の夜はどうだ」

文平が弾(はじ)かれたように顔を上げ、ぱっと目を輝かせる。

「はいっ、お願いいたします！ 植物日記を見ていただきたいのです」

弥一郎はうなずくと、自分の仕事を終わらせるべく御役宅の奥へ進んだ。慌ててあとを追ってくる六郎太の足音が背後に響く。


翌日の仕事について荒子たちに申し渡してから、弥一郎は御薬園を出た。弥一郎の少しあとに日誌を書き終えた六郎太も、はしゃいだような足取りで隣に並んでいる。

「今日はどんな美味(うま)い物が出てくるかなあ」

「今が旬といえば、あいなめや、独活(うど)など――」

「わあ、やめてくれ。腹が減り過ぎて、倒れそうになってくる」

「倒れたら、置いていくぞ」

そんな話をしながら上野へ向かい、茅町二丁目に入る。

「おう、席は空いておるか」

と言いながら勢いよく浮き島の戸を引き開けた六郎太の向こうに、翔右衛門の姿が見えた。前回と同じく、調理場近くの小上がりに座っている。弥一郎に気づくと、ほっと安堵の色を顔に浮かべた。

やはり、六郎太の勘は当たったか……。

思わず小さなため息をつくと、六郎太が首をかしげながら振り返った。

「どうした、弥一郎さん」

答えずに店の奥へ向かうと、六郎太も黙ってついてきた。

「こちらは時枝どのの弟だ」

引き合わせると、互いに居住まいを正して名乗り合った。

六郎太がまじまじと翔右衛門を見つめる。

「やはり、どことなく時枝さんに似ておるな」

翔右衛門は嬉しそうな笑みを浮かべた。

勇吾がすぐに酒と料理を運んでくる。

「本日は、とても活きのいいあいなめが手に入りましたんで、刺身にいたしました。叩き身にして、揚げた蕎麦を砕いた物と葱を混ぜ、味噌や生姜で味つけした物も用意いたしましたので、お楽しみください」

六郎太が歓声を上げながら、さっそく叩き身の器を手にする。

「うーむ、美味い。味噌が甘過ぎず、生姜を効かせてあるのがたまらんなあ。揚げた蕎麦の噛みごたえも、ぱりぽりと心地よい。これは酒が進むぞ」

続いて、刺身を口に入れる。

「このままでも、じゅうぶん美味い——が、叩き身もまたすぐに食べたくなるなあ。もう白飯が欲しくなってしまった」

勇吾はにっこり笑って一礼する。

「ありがとうございます。飯をお持ちいたしましょうか」

「いや、それは最後でよい」

六郎太は別の器に目を向ける。その視線を追って、勇吾が説明を続けた。

「こちらは、あさりのにんにく炒めでございます。唐辛子を加えて、ぴりりと辛く味つけしました」

六郎太がごくりと喉を鳴らす。

「それはまた酒が進んでしまうではないか」

勇吾は笑みを深めた。

「豆腐田楽、独活の煮浸し、焼き大根のほうもお楽しみください」

調理場へ戻っていく勇吾の後ろ姿を見やりながら、弥一郎は「それで」と声を上げる。

「何かあったのか」

翔右衛門に向き直ると、硬い表情をしていた。

「時枝姉上の縁談が持ち上がっているようです」

「ぐふっ」

杯に口をつけていた六郎太が酒を噴きこぼしそうになる。

「弥一郎さん、まずいのではないか」

おろおろ顔になった六郎太の手元は揺れて、杯から酒がこぼれそうになっている。

「落ち着け」

弥一郎は小さく息をついてから、翔右衛門に向き直った。

「時枝どのの年齢からして、新たな縁談が出てもおかしくはなかろう」

と言いながら、弥一郎は胸に生じたむかつきを抑えることができなかった。

だが他家の話に口を出す真似もできまい。

「岡田どのは何とも思わないのですか」

黙っていると、翔右衛門がじれったそうに身をよじった。

「芙美の目論見なのですよ」

弥一郎はうんざりと眉をひそめる。

「嫁いだ身で実家の物事に口を出すのを、新田さまはまだお許しになっているのか」

「父に物申しておるのは母でしょうが、芙美だって陰で動いておるに決まっています」

弥一郎は自分の腕に目を落とした。今ははずしているが、他人目につくよう手甲をつけていた効き目はなかったのか――。

「岡田どのの利き腕については、どこから話を仕入れたのか、完全に油断しておるようです」

翔右衛門が胸を張った。

「先日我が家へ来た芙美が、母に話しておるのを、この耳でしかと聞きましたゆえ」

――翔右衛門も、たまには役に立ちますわ。時枝姉上に会うため泉屋へ通う男がいるだなんて世間に知られたら、とんだ醜聞になりますもの。時枝姉上に近づく男は早々に追い払わねばならぬと思い、翔右衛門をけしかけた甲斐がありました――。

芙美の言葉に、雅美は満足げな声で返したという。

――相手が御薬園同心と聞いた時には、当家よりも小禄の貧乏御家人かと溜飲の下がる思いがしたが、心づけなどが多く、暮らしに困っておらぬとは生意気な。なれど、翔右衛門にこっぴどく痛めつけられたのであれば、もう時枝には近寄らぬであろう――。

芙美は得意げに笑った。

――もし懲りずに、また近寄ってきたら、今度はうちの旦那(だんな)さまに話をつけていただきますわ。徳之進さまは日頃から鍛えていらっしゃる御徒(おかち)ですもの、まともに刀を握れぬ者を相手に、後れを取るはずがございませぬ――。

弥一郎の頭に、芙美の一見おとなしそうな笑顔が浮かんだ。愛想よく話している表の顔の裏に、大きな悪意を隠し持っているような女だ。もっとも、見る者が見れば、芙美の性根などすぐにわかるだろうが……。

「母も、時枝姉上の幸せな婚姻を望んではおらぬのです」

時枝のせいで自分が不幸な婚姻をせねばならなかったと逆恨みしているので、時枝もつらい嫁入りをせねば気が収まらぬと思っているらしい。

――それにしても、嫁入り前の身で男と親しくするなど、何とふしだらな。新田家の恥晒し(はじさら)ではないか。時枝のせいで、芙美が婚家で居たたまれなくなってしまったら、どうするのです。あのような者が身内にいると知れたら、翔右衛門の嫁探しにだって差し障るやもしれぬ——。

憎しみのこもった声で、雅美は続けた。

——厳しく躾(しつ)け直してくださる婚家を探し出し、一日も早う、目の届かぬ場所へやらねばならぬ。時枝は、新田家から出さねばならぬ膿(うみ)ぞ——。

弥一郎は鼻先で笑った。

「どの口が——」

膿はどっちだと言いかけて、弥一郎は口をつぐむ。

翔右衛門が複雑そうな表情で目を伏せていた。そりが合わぬ身内だといっても、やはり実の母親である。できることなら、悪く言いたくはないのだろう。翔右衛門の胸の内を推し量ると、憐憫(れんびん)の情が湧いてくる。

「時枝どのを早く新田家から出したくなって、おまえの母親は芙美どのとともに縁談相手を探し、新田さまに持ちかけたのだな？」

冷静な声で確かめると、翔右衛門はうなずいた。

「時枝姉上が泉屋にいれば、会うこともないのに……安穏と暮らしているだけで気に食わぬようです。どこの誰に縁づけるつもりなのか、まだ仔細(しさい)はわかりませぬが」

翔右衛門は弥一郎の顔を覗(のぞ)き込んだ。

「岡田どのは、あれから時枝姉上に会われましたか。姉上が今どのような様子か、ご存じではありませんか。もし、ろくでもない相手に嫁ぐよう命じられていたら……」

弥一郎は頭（かぶり）を振った。

「あれから時枝どのには会っておらぬのだ」

「そうですか……」

翔右衛門がうなだれる。

口を挟まずに話を聞いていた六郎太が、うーむと長い唸（うな）り声を上げた。

「何やら、とんでもない事態になっておるなあ。時枝さんからもらった手甲を、弥一郎さんが浮かれて身につけておるのかと思っていたのだが」

弥一郎は、むっと眉根（まゆね）を寄せた。

「浮かれてなど」

いないと思うが――。

六郎太は再び唸った。

「早急に、事の真偽を確かめねばならんな。翔右衛門さん、あんたしか探れる者はいないぞ」

「わかっております」

翔右衛門は鼻息を荒くして、六郎太に向き直った。

「絶対に、時枝姉上の縁談相手を突き止めてみせます。酒癖の悪い乱暴者や、金遣いが荒く女癖の悪い者などに、姉上を任せてはおけませんので」

六郎太は大きくうなずく。

「その意気だ。みすみす不幸になる縁談など、ぶち壊してやらねばならんぞ。なあ、弥一郎さん」

二人の視線が弥一郎に突き刺さった。二人とも、やけに意味深長な眼差しだ。

言いたいことはわかる。わかるが、しかし……。

弥一郎は杯を手にした。

武家の婚姻は、御家同士の結びつきである。惹かれ合ったからといって、必ず相手と添い遂げられるものでもない。しかも、自分と時枝はまだ心を交わしてはいないのだ。

時枝は健気だと思う。継母や芙美の仕打ちには腹が立つし、できることなら守ってやりたいと思うが――はたして、それは同情ではないのか。目の前に立ちはだかる障害を乗り越え、またはすべてを捨てても、自分は時枝を守り抜きたいと思っているのだろうか。

瞑目して、まぶたの裏に時枝の顔を思い浮かべる。時枝の穏やかな笑みを思い起こせば、心がなごんでいく。

激しく熱い劣情ではない。静かな恋の、まだ一歩手前だろうか。

弥一郎は酒をあおった。

何にせよ、縁あって関わった者が——時枝が目の前で不幸になっていくのを、黙って見過ごしてよい理由にはならない。そう自分に言い聞かせながら、弥一郎は杯を置いて翔右衛門に向き直った。

「三日後の夜までに仔細を調べてこい」

翔右衛門は嬉しそうに顔をほころばせる。

「はい、必ずや!」

六郎太がにかっと笑いながら、ばしんと背中を叩いてきた。

「そうこなくっちゃ、弥一郎さん。さあ、飲め飲め」

杯になみなみと注がれた酒を、弥一郎は一気に飲み干した。

翌日の夜は、約束通り、文平の植物日記に目を通す。仕事が終わり、長屋へ誘うと、まるで尾を振る子犬のように弥一郎のあとをついてきた。

「お邪魔いたします」

文平は板間に上がると、きっちり居住まいを正して膝の上に日記を置いた。

「楽にしていろ」

「はい」

と言いながら、姿勢を崩そうとはしない。

弥一郎は苦笑しながら手甲をはずし、湯を沸かした。茶の支度を始めると、文平がそわそわと体を揺らし始める。

「あの、お構いなく。植物日記を見ていただきたいだけですので」

「おれが飲みたいのだ」

文平は身を乗り出して、弥一郎の顔を覗き込む。

「手は大丈夫なのですか」

「大丈夫だ」

弥一郎が即答すると、文平は表情をゆるめた。

「それより、日記を見せてみろ」

板間へ茶を運ぶと、文平が表情を引きしめて日記を差し出してきた。受け取って、紙面をめくっていく。

頁の最後に描かれた絵を見て、弥一郎は目を細めた。

茎の一節に、長楕円形（だえんけい）の葉が二枚、向かい合ってついている様子が描かれてある。絵の脇には、文平の字で「葉に光沢あり、六弁花、香りよし」などと書き添えられていた。

「梔子（くちなし）か」

夏に白い花を咲かせる常緑低木である。実が熟しても裂けて開かないことから「口なし」の意で名づけられたといわれているが、諸説ある。古くから黄色の染料として使われており、薬用としては「山梔子（さんしし）」と呼ばれる乾燥した実を止血、鎮痛、利尿などのために使う。

「駿河（するが）より暖かい地方では自生できる植物だが、江戸で根づいておる物があったのか？　鉢植えで栽培されている物か」

「堀井（ほりい）さんが育てていらっしゃる鉢植えでございます。冬は室内に入れて世話をしたとおっしゃっていました」

堀井正蔵（しょうぞう）は養生所に詰めている本道（内科）医である。町医者として自宅でも患者を診ており、同業の者たちとよく交流しているという。非番の日には大勢が堀井のもとへ集まり、語り合っているらしい。植物好きで、自宅には薬草を始めとしたていた。

さまざまな花が植えられており、弥一郎もたまに栽培に関する意見などを求められていた。

「先日、養生所の前で偶然お会いした際に、植物について語り合う機会をいただきまして」

大いに盛り上がった流れで、文平も非番の日に自宅へ招かれたのだという。

「そこで梔子を写生させていただいたのです。今はまだつぼみがついておりませんでしたが、花が咲く頃にまた見せていただく約束をしました」

文平は生き生きとした表情で続けた。

「堀井さんのもとに集まっていた大勢の方たちとも、植物について大いに語り合いました。小石川村の津村先生のもとで修業なさっている、秀介さんとも知り合いました」

弥一郎は目を細めた。

「ほう、あいつも出入りしておるのか」

秀介は、弥一郎の口利きで修業先を見つけた町医者見習である。

「堀井さんのもとには、よい縁が集まる」

六郎太が縁談を進めている相手、千恵と出会ったのも、堀井宅だった。千恵は、堀井の妻の年の離れた従妹（いとこ）である。六郎太が植物談議をするため訪れた際、堀井宅に居合わせた千恵を見初め、心を交わしたのだ。

「岡田さんにも今度ぜひ来ていただきたいと、堀井さんがおっしゃっていました。みなさんも、岡田さんにお会いしたがっていましたよ。長崎の珍しい植物の話を聞きたいと言っておられました」

「うむ、まあ、そのうちにな」

弥一郎は言葉を濁した。

大勢で話すのは嫌ではないが、あまり賑（にぎ）やかな時が長く続くと、少々疲れてしまう。一人で静かに過ごす穏やかな時を、弥一郎は大事にしていた。

人と交わるのもよいが、こちらがやんわり離れようとしているにもかかわらず、親しくなろうと強引に再会の約束を迫ってくる者もいるので面倒くさい。

たいていは、弥一郎が持つ植物の知識を求めてくる者たちなので、あまり害はないのだが。時には、御薬園の中へ入れてくれだの、御薬園で採取される種をこっそり分けてくれだの、無理な要求を通そうとする者もいるのだ。

「何か困ったことがあれば、いつでも言え」

「はい、ありがとうございます」

弥一郎はうなずくと、植物日記のつけ方についていくつかの助言を与えた。

「先ほど梔子について書いてあったように、花や葉のにおいについても、もっと書き残しておいたほうがよい。香りには、患者の心を鎮める作用もあるからな。また、よく似ている葉でも、香りの有無で見分けられるやもしれぬ」

「にらと水仙が、よい例ですね。片や青物で、片や毒草ですから、万が一にも間違えたら大変です」

弥一郎はうなずく。

「葉の生え方などよりも、においのほうがわかりやすい場合がある。幼い子供にもわかる説明ができれば、素人が誤って口にするのを防げるであろう」

「薬草に携わる身としては、間違った知識が民間の療法に広がるのを防ぎたいところですね」

「うむ」

文平が日記を閉じたところで、弥一郎はたすきをかけて土間へ下りた。

「おまえは下戸ではなかったな？」

「はい——あ、いえ」

弥一郎が酒の支度を始めると、文平は慌てたように腰を浮かせる。

「日記を見ていただきましたので、もう帰ります」

「遠慮するな。たまにはつき合え」

「では、お手伝いを」

「邪魔だ。そこで待っておれ」

台所にあった食材で手早く調理を進めると、文平はおとなしく座り直した。

豆腐を水切りしている間に、七輪で椎茸を焼きながら、梅干しをほぐしていく。

ほぐした梅干しの実は、鰹節とともに冷や飯に混ぜ込み、あとで茶漬けにする。

椎茸が焼き上がったら、今度は豆腐を焼いていく。

焼き鍋に胡麻油を入れて熱すると、香ばしいにおいが漂い出す。六つに切った豆腐を焼き鍋に入れると、じゅーっと音が上がった。醬油を回し入れて味をつけていく。

「何だ、このにおいは!」

六郎太の声がすると同時に、がらりと戸が外から引き開けられた。

「たまらなく美味そうではないかっ」

ちらりと見やれば、飯茶碗と箸をしっかり手にしている。

「待っておったのに、なかなか声がかからぬから、こっちから来てやったぞ。文平が呼ばれて、おれが呼ばれぬのは、おかしいからな」

勝手に土間に踏み入ってくる六郎太に向かって、弥一郎はこれ見よがしにため息をついた。

「呼ばれずとも、おまえはやってくるだろう」

六郎太は「当然だ」と胸を張る。

「おれと弥一郎さんの仲だからな」

六郎太は板間に上がり込むと、どっかり腰を下ろした。

酒と料理を運び、弥一郎も座る。恐縮する文平に食べるよう勧めながら、椎茸に醤油を垂らして頰張った。

しっとりやわらかで、ふっくら厚い嚙(か)みごたえ――椎茸の旨(うま)みが口の中に広がって、喉(のど)をしたたり落ちていく。香ばしく仕上がった椎茸の風味に、弥一郎は満足した。七輪で焼いただけだが、たまらなく美味い。ちょろりと垂らした少量の醤油が椎茸のひだに染み込んで、その甘みを際限なく引き立てている。

六郎太と文平が同時に唸(うな)った。

「なぜ、こんなにも美味いのだ。おれが焼くと、ふっくらせずに固くなってしまうのだ」

「焼き過ぎるのであろう」

瞑目（めいもく）して椎茸を嚙みしめながら、六郎太はうなずいた。

「生焼けが怖くてな」

「火が通りやすくなるよう、表と裏に切り込みを入れればよい。軸はすべて取って炒（いた）めるなどしても、一品できるぞ」

六郎太は目を開けて、感心したように弥一郎を見る。

「今度それも作ってくれよ」

「断る」

即答して、豆腐を口にした。すねたように唇を尖（とが）らせていた六郎太も頬張って、笑みを浮かべる。

「おお、これも美味い。胡麻油の香りがほんのり漂って、食欲を増すなあ」

すっかり機嫌顔になった六郎太は「そういえば」と弥一郎に向き直った。

「明後日は、浮き島で翔右衛門さんと待ち合わせておるであろう。おれは堀井さんの家へ呼ばれたので、一緒に行けなくなってしまったのだが」

「まったく問題ない」

弥一郎は首をかしげる。

「同行するつもりだったのか」

六郎太が心外だという顔をする。

「当たり前だろう。事と次第によっては、弥一郎さんの背中を押してやらねばならんからな」

「よけいなお世話だ」

黙って食べていた文平が、じっと六郎太を見つめる。何があるのか知りたいような、何やらお節介を焼こうとしている六郎太を非難しているような、どちらとも取れる表情だ。

文平は思慮分別のある男なので、弥一郎の顔色を読み、あれこれ質問せぬであろうが、話したくない意志を示すため台所へ立った。

「茶漬けを食うか」

「はい、いただきます」

「おれも食うぞ！」

用意しておいた飯に熱い茶をかけていると、板間から六郎太と文平の植物談議が聞こえてきた。茶漬けを運び、弥一郎も気の置けない二人の話に加わる。

遠くでホーホー、ホホッホホッホーと梟(ふくろう)の鳴き声が上がった。梟は、畑を荒らす野鼠を捕らえて食べてくれる。今宵もせいぜい狩りに励んで欲しいものだと思いながら、弥一郎は茶漬けを食べて腹を満たした。


翔右衛門と約束した夜になり、弥一郎は浮き島を訪れた。戸を引き開けると、すぐに店の奥から勇吾が出てくる。

「いらっしゃいませ。お連れさまが、あちらでお待ちです」

勇吾の視線の先を追うと、先日と同じ調理場近くの席に翔右衛門が座っていた。

「岡田さまがいらっしゃるまで酒も料理もよいとおっしゃるので、茶しかお出ししておりません」

「わかった。おれにも茶をくれ」

「かしこまりました」

勇吾が調理場へ戻っていく。弥一郎は小上がりへ向かった。翔右衛門の前に腰を下ろしながら湯呑茶碗の中を覗くと、すっかり空になっている。少なくとも四半時（約三〇分）以上は待たせたのだろうか。

勇吾が茶をふたつ運んできて、空いた湯呑茶碗を下げていった。

弥一郎は真正面から翔右衛門を見る。ひどく硬い表情をしていた。

「時枝どのの縁談相手は相当まずい男なのか」

単刀直入に問えば、翔右衛門は複雑そうな表情で眉根を寄せる。

「それが、至極まともな人なのです」

意外な返答に、弥一郎は首をかしげた。

「では今回の縁談に、おまえの母親や芙美どのの思惑は働いておらぬのか」

翔右衛門は頭を振る。

「時枝姉上の縁談相手を父に薦めたのは、やはり母でした。最初に相手の名を出したのは、どうやら芙美のようなのですが」

先日、浮き島から帰ったあとの出来事を、翔右衛門は語った。

「家のすぐ近くで、父と行き合ったのです」

仁右衛門は同輩と下谷町で飲んできたのだという。

「珍しく、ほろ酔いになっておりましたので、時枝姉上の縁談は真かと尋ねてみました。母から話を聞いたと思ったのか、父は訝しむ様子もなくうなずきまして」

翔右衛門に問われるまま、仁右衛門は縁談相手の話を始めた。

「相手は、同じく御徒である稲葉家の三男、晴之介どのだそうです」

家督を継げぬ身なので、早くに家を出て町医者のもとで修業を積み、今は下駒込村に住んで往診をしている。誠実な仕事ぶりで、患者からの信頼も厚く、多くの村人に慕われているようだ。

「わたしは晴之介どのをよく知らないのですが、父の話によると、幼い頃から穏やかな性格で、とても親切な方だそうです。困っている者を放っておけない御仁だとか」

　年老いた物売りが転んだところに居合わせれば、すぐに助け起こして、散らばった品を拾い集めてやる。道に迷った者を見かければ、行きたい場所が近場であれば案内してやる――等々、数えたら切りがないという。

「けっこうな相手ではないか」

　話を聞く限り、時枝を無下に扱ったりはしないだろう。

　顔も知らぬ男と時枝が寄り添う姿を想像すると、弥一郎の胸がちくりと痛む。

　だが、父親が認めている相手に嫁ぐことは、長い目で見れば、やはり時枝のためになるはずなのだと自分に言い聞かせる。

　武家の婚姻は、家同士の繋(つな)がりが重視される。武士の娘であるからには、家同士が円満なつき合いをしている男のもとへ嫁ぐことが、時枝の幸せに繋がるはずなのだ。生家で継母に虐げられても、婚家で姑(しゅうとめ)に可愛がられれば――家を出た三男の嫁であれば、そう厳しく当たられることもないのではあるまいか。

穏やかで親切だという縁談相手に慈しまれれば、きっと時枝は幸せになれる……。

しかし翔右衛門は硬い表情を崩さない。

「晴之介どのは貧しい者から薬代を取らぬそうなので、暮らし向きは常に厳しいようです」

なるほど、時枝に厳しく接する婚家を探したがっていた雅美が今回の縁談を認めたのは、縁談相手が貧しいゆえか、と弥一郎は納得した。舅姑に仕える苦労はなくとも、食うに困る暮らしを送るのであればよしとしたのであろう。時枝には泉屋という後ろ盾があるといっても、下駒込村では村の女として手の荒れる暮らしを送らねばならぬのだ——そう自分に言い聞かせ、雅美は溜飲を下げたに違いない。

「だが、時枝どのは贅沢を望む女子ではあるまい。慎ましい暮らしに、じゅうぶん耐えられるのではないか」

「父も、そう申しておりました」

——貧しくとも、相手が御徒の血筋となれば、これはまっとうな縁談だ。弱き者を見捨てられぬ性質の男であれば、たとえ子を産めずとも、時枝を見捨てたりはしまい——。

　このまま無事に時枝が嫁いでくれれば、やっと肩の荷が下りる、と仁右衛門は心から安堵(あんど)した表情で続けたという。

　弥一郎は顔をしかめた。

「まさか新田さまも、時枝どのが子を産めぬ体だと本気で信じておるのか」

　翔右衛門は悔しそうに顔をゆがめる。

「我が家では、母や芙美の主張がまかり通ってしまいますので」

　弥一郎は小さくため息をついた。

　おそらく嘘だと怪しんでいたとしても、二人の言い分をそのままにしてきたのだろう。もし時枝を案ずる心が仁右衛門にあったなら、徳之進との縁談をくつがえす前に医者に診せ、事の真偽を確かめていたであろうに。

　つまり、面倒事から逃げたのだ。

「酔いも手伝ってか、あの夜の父は饒舌(じょうぜつ)でした」

　――時枝は昔から、ひそかに晴之介どのを慕っていたというではないか。この縁談が整えば、きっと万事丸く収まる。芙美も、結果として姉の許嫁(いいなずけ)を奪ってしまったなどという負い目を抱かずに済むようになるぞ――。

　歌うように語った仁右衛門の言葉に、翔右衛門は啞然(あぜん)としたという。

「時枝姉上が晴之介どのを慕っていたなどという話は、寝耳に水でした。二人は面識があるはずだと父は申しておりましたが、わたしの知る限り、親しくしていた様子はまったくございません」

同じ町内に住む御徒の子同士として、幼い頃は多少の行き来があったかもしれぬが、時枝の育ちを考えれば、それも想像できかねると翔右衛門は続けた。

男女七歳にして席を同じうせず、という話だけではない。翔右衛門が物心ついた時にはすでに、時枝は下女のような扱いを受けていたので、他家の者と気安く交流する機会など与えられなかったはずだというのだ。

時枝の恋心など誰に聞いたのかと問えば、仁右衛門はあっさり雅美だと答えた。元許嫁の徳之進とて、他の男に懸想している時枝を愛せるはずがない。だから徳之進と芙美が結ばれても、何ら問題はなかったのだ。むしろ、みなのためだったのだ——かつて雅美が言い放ったという身勝手な弁明を、仁右衛門はくり返した。

「明らかに嘘ですよ」

翔右衛門は恥じ入るように目を伏せた。

弥一郎は同情する。身内というものは、なかなか厄介だ。縁を切りたいと思っても、完全に絶縁するのは難しい。

「しかし、縁談相手の難点が清貧のみであれば――」

「芙美が名を出した相手ですよ。それだけで済むはずがございません」

翔右衛門は、ぐいと茶をあおった。

「母も薦めている縁談となれば、この上なく怪しいではありませぬか。父の話によると、確かに、晴之介どののお人柄はとてもよいようですが」

貧しい者から薬代を取らぬため借金まみれになってしまったとか、とんでもない藪医者のため実は薬代を取れなかったのだとか、何か裏があるはずだと翔右衛門は確信していた。

「だから父と話した翌日に、わたしは下駒込村へ行ってみたのです」

翔右衛門は苦々しい表情で、吐き捨てるように言った。

「晴之介どのには、すでに心に決めた女人がいました」

「何だと」

弥一郎は思わず声を上げた。

「では、時枝どのはどうなるのだ」

「すでに、うとまれているようです。晴之介どのは往診のため留守で、本人に確かめることはできなかったのですが……立ち寄った茶屋で、村人たちの話を耳にしました」

――晴之介先生は、もう武士じゃねえんだろ。だったら、武家の女なんか嫁にしなくてもいいじゃねえか。親の命令だか何だか知らねえけど、そんな縁談さっさと断っちまえばいいんだ――。

――いや、親に縁談の話をされた時、晴之介先生はすぐに断ったらしいんだよ。けど、親がなかなか相手の家に断りを入れてくれねえらしいんだ――。

いったいどこから聞き込んだのか、縁談相手が晴之介に岡惚れしたらしいとか、娘可愛さのあまり相手の親が強引に縁談を迫っているようだとか、村人たちは声高に話していた。

翔右衛門がいらいらしながら聞き耳を立てていると、男たちの間に茶汲み女が割り込んだ。

――だけど、それじゃ、おくにさんはどうなるのさ。先生の親は、おくにさんが息子の嫁になるのを許さないってのかい――。

男たちは顔を見合わせた。

――晴之介先生の親は、やっぱり息子の嫁にするのは武家の娘がいいと思ってるのかねえ。晴之介先生とおくにさんは、あんなに想い合ってるってのによぉ――。

——二人の仲を引き裂くなんて、あんまりじゃねえか、おくにさんがかわいそうだよ——。

茶汲み女がいきり立った。

——ふざけるんじゃないよ、まったく。もし万が一、勝手に岡惚れした女が先生のところへ嫁に来たって、あたしは絶対に認めないよ。そんな女、村から追い出してやる——。

「晴之介どのと、おくにという女人の仲は、村人たちみんなで見守っておるようでした」

翔右衛門は大きなため息をつく。

弥一郎は静かに茶を口に含んだ。ごくりと飲めば、冷めた茶が喉を湿らせて体内へ流れ落ちていく。渋みと甘みがほどよく溶け合った冷たさは体に心地よいが、気持ちはまったく落ち着かない。

すでに心に決めた女がいる男のもとへ嫁いでも、時枝は幸せになれぬではないか——。

弥一郎は喉の奥に、残りの茶を流し込んだ。

と同時に、がらりと戸の開く音がする。

「弥一郎さん、いるか？」

戸口を見ると、六郎太が少々息を乱しながら立っていた。弥一郎に気づくと、ほっと安堵の色を浮かべて歩み寄ってくる。その後ろに、見知らぬ男が続いてきた。

「下駒込村の町医者、晴之介さんだ。先ほど、堀井さんの家で会ってな」

弥一郎は眉（まゆ）をひそめて、翔右衛門を見る。

翔右衛門は顔を強張（こわば）らせてうなずいた。

「時枝姉上の縁談のお相手です」

「六郎太どの、これはいったい――」

晴之介が困惑の声を上げた。

「仔細（しさい）は別の場所で聞くとおっしゃるので、促されるままついてきましたが。まさか、わたしに縁談を承諾させるために、ここへ連れてきたのですか」

「違う、違う」

六郎太は首を横に振りながら、晴之介の背中を押して小上がりに座らせた。その隣に腰を下ろすと、空になったふたつの湯呑茶碗（ゆのみぢゃわん）を覗（のぞ）き込んで顔をしかめる。

「何だ、二人とも、茶しか飲んでおらんのか」

調理場から客席の様子を窺（うかが）っていた勇吾を呼ぶと、六郎太は酒と料理を注文した。

のだ」

「こういう話をする時は、美味い料理で心をゆるませ、酒で口を軽くせねばならん

弥一郎は、ふんと鼻を鳴らした。おまえの口はしらふでも軽いがな――と憎まれ口を叩こうとして、やめる。晴之介の視線が弥一郎に突き刺さっていた。

「小石川御薬園同心、岡田弥一郎と申す」

居住まいを正して名乗ると、すかさず六郎太がつけ加えた。

「おれの同輩であり、友である男だ」

晴之介は弥一郎に一礼してから、翔右衛門に向き直った。

「子供の頃に実家の近所でお見かけしたことがあるくらいだが――本当に大きくなられたな。もう立派な大人だ」

翔右衛門は背筋を伸ばして、晴之介に向かい合った。

「このたびは当家がご迷惑をおかけしておりますようで」

晴之介は苦笑する。

「一昨日、村の茶屋で一服していた若い武士というのは、ひょっとして翔右衛門どのかな」

「はい」

翔右衛門は毅然(きぜん)と晴之介を見据えた。

「ずいぶんとお耳が早いようで」

「見知らぬ者が村に現れると、みな用心するのだよ。旅の途中でたまたま立ち寄った様子にも見えなかったので、なおさら気になったらしい」

晴之介の住居の前にたたずむ姿を見た者もおり、翔右衛門は縁談の件で実家から遣わされた使者なのではないかと案じて、耳に入れてくる村人たちが数人いたという。

「晴之介さんが親に縁談を持ちかけられて困っているというので、ちょっと話を聞いたら、時枝さんの名が出たので驚いてな」

六郎太が口を挟んだ。

「弥一郎さんと翔右衛門さんも一緒に仔細を確かめたほうがいいと思って、浮き島へ連れてきたのだ」

よい仕事をしたと言わんばかりの得意げな表情で、六郎太は胸を張る。

そこへ、勇吾が酒と料理を運んできた。

「お待たせいたしました」

あさりの串焼(くしや)き、こんにゃく田楽、目刺しの南蛮漬け、たけのこと大根の煮物が目の前に並べられる。

六郎太が歓声を上げた。

「まずは食おう！」

ばくばくと食べ進める六郎太を横目に、晴之介が口を開いた。

「翔右衛門どのは村で知ったかと思いますが、わたしには心に決めた女がおります」

「おくにさん……ですよね」

翔右衛門の問いに、晴之介はうなずいた。

「わたしがまだ見習の頃から、そばにいて励ましてくれました。両親から縁談を持ちかけられたのは、そろそろ所帯を持とうと考え、おくにを連れて実家へ挨拶に行こうとしていた矢先だったのです」

もうずいぶんと会っていなかった両親が突然、人目を忍ぶようにして下駒込村にやってきたという。

――新田家の長女、時枝どのを覚えているか――。

そう切り出した父の宗之介に、晴之介は首をかしげた。時枝の存在は知っていたが、どんな娘だったか顔を思い出せなかったのだ。

――大病をしたため、子を産めぬ体になってしまったそうでな――。

「最初は、診察の依頼かと思いました。本当に子を生(な)せぬのかどうか、確かめて欲しいという話かと……近所の医者に診せれば、口さがない噂が立ってしまうかもしれない、と躊躇(ちゅうちょ)する人もいますので」

だが宗之介が続けたのは、晴之介にとって、とんでもない話だった。

――時枝どのを娶(めと)る気はないか――。

「心苦しそうな顔で、父は続けました」

――武士として生きぬのであれば、必ずしも子を作らねばならぬというわけでもあるまい――。

そう言って黙り込んだ宗之介に代わって、今度は母の八重(やえ)が口を開いた。

――気の毒な時枝どのを、おまえが救ってあげることはできないかしら――。

強い口調ながら、八重もつらそうな表情をしていた。

「二人とも、あまり乗り気には見えませんでした」

理由を問えば、八重は雅美とのやり取りを語り出した。

ある日、八重が外出から帰ったところ、たまたま家の前を雅美が通りかかった。

同じ町内に住む御徒(おかち)の妻同士、行き合えば必ず挨拶を交わす仲だ。いつものように八重は声をかけた。

だが、雅美の様子がおかしい。一礼したあと、袖(そで)で顔を覆って動かなくなった。具合でも悪いのかと思った八重が駆け寄ると、雅美は泣いていたという。

「嗚咽(おえつ)をこらえるような声が聞こえて、母は慌てたそうです」

嘘泣きか――と弥一郎は思った。

翔右衛門をちらりと見れば、うんざりしたような表情をしている。やはり弥一郎と同じ考えのようだ。

「家の前で泣かれては放っておけぬと、母は雅美どのを家に上げました」

八重が茶を出すと、雅美は殊勝な顔で「ご迷惑をおかけして申し訳ございません」と詫(わ)びた。そのあまりにも弱々しい声に、八重は同情心をあおられたという。

いったいどうしたのかと事情を尋ねると、雅美は「お恥ずかしながら」と前置きをしてから語り始めた。

長年の間、生さぬ子である時枝とは上手(うま)くいっていない。時枝が大病をわずらった際には懸命に看病し、子が望めなくなったと判明した時には必死で慰めた。しかし、親子の絆(きずな)を深めようとどんなに努めても、時枝に拒まれてしまった。

許嫁(いいなずけ)の徳之進も時枝を気遣ってくれたが、小山家の次期当主として跡取りを作らねばならぬ身である。新田家の家長である仁右衛門の決断により、妹の芙美を嫁がせることになった。徳之進と芙美が新たな縁談を受け入れ、今は仲睦（なかむつ）まじく暮らしているのがせめてもの救いだが、時枝は怒って家を出てしまった。

何とか引き留めようとしたのだが、裕福な祖父母のもとで暮らしたほうが自分のためになるのだと泣き叫ばれて、時枝を止めることができなかった。

隣近所の者たちは時枝に同情し、やはり継母（ままはは）だから駄目なのだと言いたげな表情で雅美を見る。まるで自分が時枝を追い出したのだと思われているようだ。

後妻として新田家に入ると決まった時、どんな目に遭っても耐えねばならぬと覚悟してきたが、やはりつらい。何年経ってもこの苦しみに慣れることができない自分は、新田家の役立たずなのではないだろうか。武家の女であれば、御家のためにすべて耐えねばならぬのに——。

息苦しくなったかのように、晴之介は首を回して大きく息をついた。

「苦しみに慣れることなどなかなかできませぬよ、と母は慰めたそうです」

目の前で嘆き悲しむ雅美を、八重は大いに哀れんだ。生さぬ仲の子を育て上げるのは、さぞ大変であったろう。腹を痛めて産んだ自分の子とて、思い通りに育てるなど至難の業なのだ。

ましてや時枝の大病は、誰のせいでもない。時枝は本当に不憫（ふびん）だけれど、雅美が責められる筋合いはどこにもない。時枝が誰かに当たり散らしたくなる気持ちもわからなくはないが、このままではあまりにも雅美が気の毒ではないか。

「話を聞いているうち、母はそんなふうに思うようになったそうです」

八重は雅美を慰め続けた。

——周りの目など気にすることはありません。誰がなんと言ったって、あなたは立派に新田家を支えていらっしゃいますよ。あなたが時枝どのの幸せを願う気持ちは、いつかきっと伝わります——。

雅美は涙ながらにうなずいた。

——たとえ子を産めなくても、時枝でよいと言ってくれる殿方がどこかにいればよいのですが——。

武士が無理なら、町人でもよい。時枝の体をいたわってくれる男を探すのであれば、医者の家系などがよいかもしれない、と雅美は続けた。

晴之介は苦笑する。

「母の頭に、わたしの顔が浮かんだそうです」

——医者の家系ではございませんが、我が家の三男、晴之介が町医者となっております——。

「時枝どのにふさわしい方に心当たりがないか聞いてみます、と母は続けようとしたそうなのですが」

雅美の甲高い声が、八重をさえぎったという。

──まあっ、晴之介どのと時枝の縁談を進めてくださいますの⁉　何て嬉しいことでしょう。同じ御徒の御家に嫁がせることができるのであれば、当家にとってもこの上ない縁組みですわ──。

八重は慌てた。

──いえ、晴之介は貧しい村人たちを診ておりますので、時枝どのが嫁いでも苦労するだけでしょう。もっとよいご縁を探したほうが──。

──何をおっしゃいますの。時枝にとって、稲葉家ほどよいご縁はどこにもございませんわ──。

雅美は目を輝かせて、八重の手を取った。

──本当に、ありがとうございます。貧しい人々のために尽力する晴之介どのを、時枝は立派に支えてみせることでしょう。時枝を産んですぐに亡くなった麻枝さまの両親は、町人といえど、とても裕福な暮らしぶり。孫娘の時枝をたいそう可愛がっておりますので、晴之介どののもとへ嫁いだあとも、何かにつけて援助してくれると思いますよ――。

晴之介に損はさせないと言わんばかりに、雅美は時枝のよさを訴え続けた。

――あの子は朝顔の栽培がとても上手なのです。きっと畑仕事も難なくこなすことでしょう。村での暮らしにも、すぐに馴染めるはずです――。

「母は、自分の一存では決められぬと申しました」

すると雅美は悲しげに眉尻を下げて、唇を震わせた。

――やはり子が産めぬ女など、ごめんこうむるとおっしゃりたいのですね――。

――いえ、そのような。当家には跡を継ぐ孫もおりますし――。

――では晴之介どのが時枝を嫌悪するとお考えなのですね――。

――嫌悪するだなんて、そんな。晴之介は医者なのですから、時枝どののお体を厭わしく思うはずはございません――。

――なれば、ぜひ――。

雅美は袖で目頭を拭うと、床に手を突いて頭を下げた。

八重は言葉に詰まった。ここで強く断れば、やはり時枝が子を産めぬ体だから嫌なのだろう、と泣かれてしまうと思ったという。

――では近いうち、晴之介に所帯を持つ気があるのかどうか、聞くだけ聞いてみましょう。ただし、あまり当てにしないでくださいね。晴之介は今、患者のことで頭がいっぱいのようですから――。

　わかりましたと返事をして、雅美は帰っていった。

「ですが、その翌々日には、わたしと時枝どのの縁談が進んでいるという噂が御徒(おかち)衆の間で流れていたそうです。父は仰天して、まだわたしの意志も確かめていないのだと、新田どのに話したそうなのですが」

　仁右衛門は縁談に大乗り気で、八重が話を持ちかけてくれて感謝していると頭を下げたという。

「母から聞いていた話とは違うと思いながらも、父は強く言えなかったそうです」

縁談など、まだ何も進んでいないのだと告げれば、不憫な娘の幸せを願う親心を傷つけてしまう気がしたのだという。

　翔右衛門が鼻白んだような顔つきになった。一日も早く時枝を嫁がせて肩の荷を下ろしたがっている父親の心情も、頭を下げれば同情を誘えるのか、と不快になっている様子だ。

「それでご両親は、晴之介どののところに急いで話を持っていったんですね」

　翔右衛門の言葉に、晴之介はうなずいた。

「わたしは、おくにを妻にしたいと伝えたのですが……どうも断りづらいようで、父はまだはっきりと返事をしていないようなのです。日が経つにつれ、ますます断りづらくなるというのに」

晴之介は疲れ果てたように瞑目した。

「村では、時枝どのがわたしを慕ってくれているという噂が立っているようですが、とても信じ難いです。幼い頃に面識はありましたが、道ですれ違う程度で、話したこともなかったはずです」

互いに会釈くらいはしただろうが、時枝の顔もよく覚えていないのだ、と晴之介は続けた。

「おくににも説明したのですが、やはりわたしの妻には武家の女がふさわしいのではないか、百姓女の自分は身を引いたほうがいいのではないか、などと言い出しまして」

晴之介はため息をついて、がっくりと肩を落とす。

「いったい、どうして、こんなことになってしまったのか……」

料理を味わっていた六郎太が、酒をあおって手酌した。

「大丈夫だ。時枝さんにも、その気はないはずだからな」

晴之介は「え」と声を上げて、六郎太を見る。

六郎太は杯を手にしながら、翔右衛門に顔を向けた。

「やはり、とんでもない事態になっていたな。この縁談、何としてでも、ぶち壊してやらねば」

翔右衛門が大きくうなずく。

「時枝姉上を不幸にするわけにはまいりませぬゆえ」

晴之介は、わけがわからぬという表情をしている。

弥一郎が口を開いた。

「おい、時枝どのの事情を説明しろ」

一瞥すると、翔右衛門は居住まいを正して語り出した。

「実は、時枝姉上は――」

啞然としていた晴之介の表情が、翔右衛門の説明が進むに従い、どんどんしかめっ面になっていく。語り終えた翔右衛門が渇いた喉を潤すように酒を飲んでいる間、晴之介は混乱した頭をもとに戻そうとしているかのように、ぐりぐりと両手の親指でこめかみを揉んでいた。

翔右衛門が杯を置くと、晴之介は背筋を正して顎を引く。

「……では、時枝どのは大病に罹ってはいなかったのですね？」

医者らしい第一声だ、と弥一郎は感心する。

翔右衛門が「はい」と答えると、晴之介の表情が心底から安堵したようにゆるんだ。

「それは何よりです。ご母堂や芙美どのの嘘は、決して許せませんが……」

不正と闘う若武者のような目を一瞬だけ強く光らせて、晴之介は微笑んだ。

「わたしがきっぱりと縁談を断っても、何ら差し障りはありませんね」

翔右衛門が頭を振る。

「油断はなりません。もし稲葉家から正式に断られれば、うちの母や芙美が何を吹聴するかわかりませぬよ。約束を反故にされたと広めて、稲葉家の評判を落としにかかるでしょう」

晴之介は困惑したように眉根を寄せた。

「約束と言われても……母は、当てにしないでくれと申していたはず」

「その証は立てられますか」

翔右衛門にまっすぐ見つめられて、晴之介は口をつぐんだ。

「うちの父はすでに、稲葉家から持ちかけてくれた縁談だと思い込んでおります。

この話が御徒衆の間に流れるのも、あっという間——いいえ、すでに広まっているやもしれませぬ」

晴之介は低く唸（うな）った。

「では、どんな断り方をしても、わたしの実家に非があるような事態に追いやられてしまうのか。両親のみならず、兄たちまで責められる立場に置かれるのは困る。わたしのせいで迷惑をかけるわけには——」

晴之介は、はっと息を呑（の）んだ。

「いつの間にか『わたしのせい』という話になってしまっている。この場にいる誰も、そのような言い方はしていないというのに……」

自ら発した言葉に衝撃を受けたように、晴之介は絶句した。

「それが、母と芙美のやり口なのです」

翔右衛門は酒をあおった。

「わたしが父に話をつけます。母たちの術中にはまっているのだと訴えて、今こそ目を覚まさせねば」

「やめておけ」

弥一郎は鋭く言い放った。

「おまえが何をどう言っても、聞く耳を持ってはもらえまい。子の話に耳を傾けてくれる親であれば、今の新田家のようにはなっておらぬ」

それに、と弥一郎は畳みかける。

「おまえの素直な気性は美点でもあるが、今のままでは、母親と芙美どのにしてやられるだけだ。親子の情に訴えるつもりが、逆に泣き落とされるであろう」

翔右衛門は、ぐっと押し黙った。

弥一郎は酒を舐める。

「おまえの母親が最も恐れているものは何だ」

翔右衛門は答えを探すように目を泳がせる。

「母は……」

すぐには思い浮かばない様子で、翔右衛門は瞬きをくり返した。

「いかなる時も体面を重んじるよう育てられてきたと申していなかったか？」

「あっ――」

翔右衛門は目を大きく見開いた。

「母は、他人目を気にします」

弥一郎はうなずく。

「では周りを上手く使え。相手のやり口からも学ぶのだ」

翔右衛門は首をかしげる。

「貶めようとする者の悪い噂を流す……ということですか？」

弥一郎は苦笑する。

「誰の悪い噂を流すつもりだ。母親や芙美どのの悪評を流せば、新田家の次期当主であるおまえにも害がおよぶのだぞ。もっと頭を使え」

翔右衛門はしばらくの間じっと考え込んでいたが、やがて降参の意を示すように両手を上げた。

「妙案が浮かびませぬ」

「弥一郎さん、何か考えがあるんだろう」

六郎太が手酌しながら、にっと笑った。

「悪い顔をしているぞ。おれたちにも、その腹の内を教えてくれよ」

弥一郎は、むっと眉根を寄せる。まったく失礼なやつだ――六郎太を無視して、晴之介に向き直った。

「兄弟仲は円満か？」

晴之介は怪訝そうな顔をしながらもうなずく。

「長兄の信之介(しんのすけ)とも、次兄の厚之介(あつのすけ)とも、たまに酒を酌み交わしたりしております」

稲葉家の跡継ぎである信之介はすでに妻帯し、男児が二人いる。厚之介は同じ御徒の真田(さなだ)家に婿入りし、懐妊中の妻の世話を甲斐甲斐(かいがい)しく焼いているという。

「お二人が、他の御徒と酒を飲むことは？」

「ございます。剣術や体術の稽古(けいこ)帰りなどに、よく同輩と居酒屋へ寄るそうで」

「では、お二人の助力を得るのがよろしかろう」

晴之介は首をかしげる。弥一郎は続けた。

「兄上たちが二人そろって、お仲間と酒を飲む機会を作っていただく。その際には『我らが弟、晴之介の嫁取りがやっと決まった』と、少々大げさにはしゃいでもらうのがよいでしょう」

晴之介は拳(こぶし)を握り固めて腰を浮かせた。

「縁談を壊すのではなかったのですか！」

「それは時枝どのとの話だ。晴之介さんの嫁取りの相手は、当然おくにさんという女人(にょにん)になる」

「え……」

晴之介は虚を衝(つ)かれたような表情になって、ぺたりと床に腰を落とした。

「弟は下駒込村での暮らしを支えてくれた女人と所帯を持つのだと、ありのままの話を兄上たちに広めてもらうのだ。すでに時枝どのとの噂が知れ渡っていたとしても、兄上たちには知らぬ存ぜぬを通してもらえばよい」

困惑したように瞬きをくり返す晴之介を、弥一郎はじっと見据えた。

「もしや時枝どのとの縁談が事実か周りに問われ、兄上たちは認めてしまったのか。だとしたら、誤解であったとか、お父上が何やら呟(つぶや)いていたが自分たちは与(あずか)り知らぬとか、強引にでも突っぱねてもらわねばならぬが――」

「あ、いえ、それは大丈夫です」

晴之介は慌てたように手を横に振った。

「わたしの意志を内々に確かめたあと、どう断れば角が立たぬかと、両親も兄たちに相談しておりましたので」

「それは何より」

弥一郎は目を細めた。

「では新田さまが一人になるところを見計らって、兄上たちに声をかけさせるがよい。同輩たちも引き連れていくのを忘れぬように、と伝えてくだされ。上役も一緒だと、なおよいのだが――」

ふと、弥一郎の頭に、ある人物が浮かんだ。

「御徒頭の近藤源内さまは、大変気さくなお方であったな」

翔右衛門が、ぐえっと妙な声を上げて咳き込んだ。

「なぜ、組頭を飛び越えて、近藤さまのお名前が――」

将軍行列の先導を徒歩で務めたり、城内の警備に当たったりする御徒組は、二十組ある。それぞれの組に、頭が一名、組頭が二名、徒は二十八名置かれていた。

役目柄、御徒頭には武芸に秀でた者が選ばれることとなっており、家禄よりも武芸の熟練に重きが置かれているのである。

「近藤さまは、家禄は少々低いながらも登用された、相当な手練れ。剣はもちろん、泳ぎも達者で、後進を育てることにも大変熱心ではなかったか」

翔右衛門はげんなりと顔をしかめた。

「熱心なあまり、お頭直々の稽古では毎年、失神する者が絶えませぬ」

弥一郎はまじまじと翔右衛門を見つめた。

「何と、近藤さまが率いる組におったか」

翔右衛門は首を横に振る。

「別の組でも、目をつけられた者は独自の稽古に引っ張り出されるのです。近藤さまの稽古に呼ばれた者は将来きっと猛者になれると、他の組の頭も喜んで送り出しますので……」

若輩の身では断ることなどできませぬ、と翔右衛門は肩を落とした。

「岡田どのは、なぜ近藤さまをご存じなのですか」

「昔のお役目で、ちょっとな」

「さようでございましたか」

ちらりと弥一郎の顔を見るも、翔右衛門は深く追及してこない。「昔のお役目」と言った時点で、何やら察したらしい。

かつて近藤源内と接したのは、将軍外出の際の御成道に関わる敵の動きを内密に伝えたためだったが——密偵として働く者の力量がいかほどのものか知りたいと熱心に請われ、若年寄配下の者の口利きもあったために、一度だけ手合わせをしたのだ。木刀での一本勝負に弥一郎が勝ち、近藤は歯嚙みして悔しがっていたのだが、最後は爽やかに笑っていた。

別れる前に一献を交えたが、酒が入ると饒舌になり、実に愉快な男だった。さりげない気配りも上手かったと記憶している。

「近藤さまに同席していただければ百人力だ。酒宴にお誘いしろ」

弥一郎のまっすぐな視線に、翔右衛門は自分を指差した。

「わたしがですか？」

弥一郎はうなずく。

「稽古に呼ばれたことがあるのであれば、近藤さまをお訪ねしてもおかしくはあるまい。晴之介さんが御徒の家の出といっても、今は町医者となった身だ。近藤さまのもとへ顔を出すのは、無理があるだろう」

翔右衛門は肩を縮めた。

「晴之介どのの兄上たちにお願いしたほうが……」

「いや、近藤さまのほうへは、おまえが当たれ。いざという時のため、おまえの味方も作っておいたほうがよい。御徒頭を務める方だ、誰にも気取られぬよう動くことなどお手の物であろう」

「はあ……」

よほど近藤が苦手なのか、翔右衛門の顔色は冴えない。

「おまえが酒宴に加わる必要はないのだ。事情を話したあとは、すべて近藤さまにお任せすればよい。お願いする際には、おれの名前を出してもよいぞ」

そう言ってやっても、翔右衛門の表情はゆるまない。

「稽古の時の、あの鬼のような形相が頭から離れぬのです。近藤さまに打たれれば、そのまま倒れて死んでしまうような気がして」

弥一郎は苦笑する。

「厳しい稽古をつけるのは、有事の際に死なせぬためだ。いざ敵と向かい合う時には、稽古など比べものにならぬほど苦しい窮地に陥るはずだからな」

「はい」

「近藤さまと酒を飲んだことはあるか」

「ございません」

翔右衛門は勢いよく首を横に振った。

「近藤さまとおつき合いの長い先輩方は、稽古のあとよくご一緒に飲んでおられるようですが、わたしども若輩者たちは稽古でへとへとになって、酒を飲むどころではなくなってしまいます」

「ふむ」

どうやら近藤は、若手からとことん敬遠されているらしい。

「一度でも酒を酌み交わせば、親しみが湧くと思うのだが」

翔右衛門は「ごめんこうむりたい」と言いたげな表情になる。

弥一郎は少々じれた。

「確かに、木刀を構えた近藤さまは恐ろしいやもしれぬが、真剣を構えた敵と対峙する時の緊張は比べ物にならんぞ」

「ええ、それは、わかっているつもりですが……」

いや、まったくわかっておらぬ、と弥一郎は内心ため息をついた。

しかし今は、翔右衛門に戦の心構えを説く場面ではない。

「とにかく近藤さまに声をかけろ。酒の席が嫌いではないはずだし、きっと力を貸してくださるはずだ」

必ず近藤を引っ張り出すのだと念を押せば、翔右衛門は観念したように小さくうなずいた。

とにかく多勢に無勢で話を押し通し、仁右衛門にいっさい申し立てをさせぬようにするのだ、と弥一郎は続けた。

時枝と晴之介の縁談がまだ内輪話であることは、仁右衛門も承知しているはず。仁右衛門が口を開く前に、おくにと晴之介の縁組みが先に正式に決まっていたのだと思い知らせることが肝心だ。新田家がおかしな勘違いをしていたと広められるような真似は、仁右衛門もすまい。

衆目を集め、さらに近藤が見守る中で、晴之介の実の身内が語った話は必ず事実として広まっていく。そうなれば、時枝と晴之介の縁談など最初からなかったことにされるのだ。

「新田どのも、ぜひともに喜んでくだされ、と言って酒の席に連れていってもらうのだ。近藤さまからも強く誘われれば、新田さまは断れまい」

近藤のしつこさは、弥一郎も身をもって知っている。

「近藤さまも一緒に祝い酒を飲んだのであれば、あとから文句をつけて、時枝どのとの縁談を蒸し返すことなどできまい」

まだ憂い顔をしながらも、翔右衛門はうなずいた。

「父は、強い者を相手にするとあっさり引き下がってしまうところがあります。近藤さまは御徒頭の中でも非常に力のあるお方ですので、近藤さまがお祝いなさった縁組みに、物申すことなどできぬでしょう。時枝姉上との話は、あきらめるはずです」

「では、決まりだ。よいな、必ず近藤さまにお願いするのだぞ」

「はい」

翔右衛門は硬い表情をしながらも返事をして、晴之介に目を向けた。

「では、晴之介どののご兄弟には――」

晴之介の申し出に、弥一郎はうなずいた。

「家族仲が円満であれば、実家を訪れるのを怪訝がる者はおるまい」

六郎太が「よし」と明るい声を上げる。

「では前祝いの乾杯だ」

酒で満たした杯を、それぞれ高く掲げて一気に飲み干した。


事が首尾よく運んだか聞いたのは、三日後の夜——六郎太を通して、晴之介から会いたという申し入れがあった。

弥一郎たち四人は再び浮き島に集まる。

「おかげさまで、わたしとおくにの仲が無事に御徒衆の間に知れ渡りました」

晴之介が笑顔で頭を下げた。

「兄たちは終始大声で『晴之介とおくにの縁組みが決まった。めでたい、めでたい』とくり返していたそうです」

弥一郎の指示通り、仁右衛門が一人になるのを待って声をかけた晴之介の兄たちは、同輩を十人も引き連れていたという。

「幼い頃に、わたしを可愛がってくれた方々も多く、みなさん大いに喜んでくださったと聞きました」

仁右衛門の前を偶然通りかかった体を装った兄たちは、浮かれたそぶりで声をかけた。

――これはこれは新田どの、みなが当家の慶事を祝ってくれるというので、これから祝杯を上げにいくところです。よろしければ、ぜひご一緒に――。

長兄の信之介が話しかけると、仁右衛門は首をかしげた。

――いったい、どのような慶事であろう。もしや厚之介どのの子が生まれたのか――。

次兄の厚之介は首を横に振った。

――いえ、産み月はまだ先でござりまする――。

そして仁右衛門が次の言葉を発する前に、すかさず畳みかけた。

――我らが弟の晴之介が、下駒込村のおくにと所帯を持つことになりましてな。ああ、おくにというのは、晴之介が町医者として一人前になるのを支えてくれた、実に健気（けなげ）な女子なのです――。

仁右衛門が啞然（あぜん）としている間に、信之介が笑顔できっぱり言い切った。

——晴之介は今後も町医者として生きていくと覚悟を決めておりますので、嫁が村の女でも、当家は一向に構いませぬ——。

一緒にいた御徒衆が「そろそろ行こう」「新田どのも、ぜひ」と促してくれた。仁右衛門は顔を引きつらせていたが、少しでも早く酒を飲みたがっている御徒衆の勢いは増していく。仲間の慶事に乾杯するのは当然のこと、今宵はみなで飲み明かすぞ、などと言い始めた。ここで断る者は裏切り者だ、という軽口を叩く者も出てくる。晴之介の祝い事に気が向いている御徒衆は、仁右衛門の顔色に気づかない。

まさに多勢に無勢の押される形で、仁右衛門は御徒衆に取り囲まれながら、居酒屋へ同行する羽目になったという。

晴之介は微笑とも苦笑ともつかぬ笑みを浮かべた。

「新田どのには申し訳ない気もいたしますが、首尾は上々と兄たちから聞いて、心より安堵しました」

弥一郎はうなずいた。

「今は自分たちの幸せを一番に考えるのがよろしかろう」

六郎太も同意して、みなの杯に酒を注いだ。

「さあ、改めて乾杯だ」

なみなみと注がれた酒を眺めながら、弥一郎は口を開いた。

「近藤さまは相変わらずお元気であられたか」

間が開いた。

翔右衛門を見ると、わずかに顔を強張らせている。

弥一郎は目をすがめた。

「どうした」

「いえ、あの……」

言い淀む翔右衛門を、弥一郎は睨みつける。

「まさか、近藤さまにお声がけしなかったのではあるまいな!?」

強い口調で問えば、翔右衛門は目を伏せる。

「ですが、近藤さまにお出でいただかなくとも、無事にすべて終わりましたし……」

「すべて終わっただと!?」

弥一郎は声を荒らげた。

「おまえのせいで勝機を逃したのやもしれぬのだぞ」

翔右衛門は腑に落ちぬと言いたげに唇を尖らせる。

「あの日、帰宅した父はすぐに母を問い詰めました。晴之介どのと時枝姉上の縁談はいつなくなったのか、と」

仁右衛門は屈辱に震える声で、酒宴に誘われた経緯を語ったという。

おくにという女と晴之介の縁組みなど祝いたくもないのに、少しでも顔をゆがめれば新田家の恥を晒しかねぬと思いながら、引きずられるようにして居酒屋へ足を運ぶ羽目に陥ってしまった。

居酒屋へ着いたあとも、早く帰りたいと思いながら黙って酒を飲むしかなかった。晴之介の兄たちに事の次第を問いただそうかと何度も口を開きかけたが、そのたびに晴之介とおくにの仲を祝う声にかき消された。あの場で何を言っても、こちらの勘違いだという話にしかならぬと思い至り、ただいたずらに杯を重ねてしまった。

苦しげな声で、仁右衛門は雅美を責めた。

――よい縁談が舞い込んだと、おまえが言ったから、わしは信じたのに――。

雅美はしれっと答えた。

――あら、わたくし、正式な話だと申しましたでしょうか。先方は、あまり当てにしないでくれとおっしゃっていたと、わたくしはちゃんと伝えましたわよね――。

――そんな話は聞いておらぬ――。

――いいえ、申し上げましたわ――。

堂々巡りをくり返したのち、仁右衛門は疲れ果てたように黙り込んだ。

これで話はおしまいだと言わんばかりに、雅美は自室へ戻っていった。

「両親のやり取りを、わたしは廊下から見ておりましたが、これで時枝姉上と晴之介どのの縁談は完全になかったことにされたと安堵いたしました」

心配事はすべて取りのぞかれたと言わんばかりの笑みを浮かべる翔右衛門に向かって、弥一郎は怒りを放った。翔右衛門の胸ぐらをつかみ、だんっと音がするほど強く背後の壁に押しつける。

「岡田どの、何を――」

「楽なほうへ逃げるのは、新田家男子が引き継ぐ気質か」

苦しげに顔をしかめる翔右衛門の襟を、弥一郎は両手でつかみ上げる。

「あまりにも弱く、あまりにも甘い。だから何も守れぬのだ」

翔右衛門は何か言いたげに口を開いたが、弥一郎が怒気を増した目で睨みつけると、怖気(おじけ)づいたように唇を引き結んだ。

「よいか、近藤さまをお呼びしなかった事態は、敵の息の根を止めずに逃がしたようなもの。命取りになったらどうするのだ」

弥一郎の叱責(しっせき)に、翔右衛門は目を見開く。

「ですが、ここは乱世の戦場ではなく――」

「戦う姿勢をつらぬけぬから、母親や芙美どのに負け続けてきたのだ」

翔右衛門は過去を確かめるように、視線をさまよわせる。

「おまえは近藤さまを苦手としておるようだが、声をかけにくい相手から逃げるのであれば、父親と同じではないか」

翔右衛門は唇をわななかせる。

「そんなことは……」

「おまえの父親も、妻とじっくり話し合うことから逃げて、時枝どのを守らなかった」

「わたしは、時枝姉上を守ろうと」

「無理だ。おまえは、おのれを守ることしか考えておらぬ」

翔右衛門は小さく頭を振った。

「では、なぜ近藤さまに声をかけなかったのだ。晴之介さんの兄上たちが動いてくれるから大丈夫であろうと自分に言い訳をして、楽な道を選んだのであろう」

突き飛ばすように襟から手を離せば、翔右衛門はずりずりと腰を滑らせながら床に手をついた。

弥一郎はもとの場所に座り直す。

「誰だって、躊躇（ちゅうちょ）することはある。だが、何かを得ようと思った時には、動かねばならぬのだ。いつまでも腹を括（くく）れぬようでは、失うばかりで、前へは進めぬ」

翔右衛門は壁にもたれながら、じっとうなだれている。

「決めたことは必ずやり遂げるのだという強い意志を持たねば、御徒のお役目も務まるまい」

弥一郎は、ふんと鼻を鳴らした。

「おまえの代で、新田家も終わりか。いつか時枝どのが安心して里帰りできる家を必ず築き上げてみせると豪語しておったが。けっきょく口先だけだったな」

翔右衛門は床に目を落としたまま、微動だにしない。

「まあまあ、弥一郎さん、そのくらいにしておけよ」

六郎太が朗らかな声を上げて、ぱんっと手を打ち鳴らした。

「さ、飲もう。とにかく今日は、晴之介さんとおくにさんの幸せを願って乾杯するんだ。ほら、翔右衛門さんも」

六郎太に腕を引っ張られ、翔右衛門はのろのろと顔を上げた。差し出された杯を受け取ると、再びうつむく。

「では、晴之介さんの前途を祝して」

六郎太に促され、みな杯を軽く掲げた。

「乾杯！」

六郎太の声かけで、一気に飲み干す。

「さあ、どんどん飲むぞ」

六郎太が一同の杯に再び酒を満たしていく。

「おーい、酒の追加だ。料理も頼むぞ。何でもいいから持ってきてくれ」

六郎太が調理場に向かって声を張り上げると、勇吾が顔を出した。

「かしこまりました。少々お待ちください」

こちらの話が終わり、呼ばれるのを、調理場の中で待っていたようだ。勇吾は一瞬だけ、ちらりと気遣わしげな目を翔右衛門に向けたが、すぐに黙って引っ込んでいった。

弥一郎は酒をあおる。口に含んだ酒が、いつもよりわずかに苦く感じる。

やがて調理場から、醤油(しょうゆ)の香ばしいにおいが漂ってきた。

六郎太が歓声を上げる。

「おお、これは烏賊(いか)を焼いておるにおいだな。間違いない」

六郎太の断言通り、勇吾が運んできた皿の上には烏賊が山盛りになっていた。

「今日の烏賊は、ちょいと不ぞろいだったんで、食べやすい大きさにそろえました」

身だけでなく、足も、耳も、すべて入っているという。

「烏賊の腸も、あますところなく使っております」

六郎太が烏賊を凝視した。

「ここに腸が入っておるのか」

「はい。醤油と酒と腸を混ぜ合わせて、烏賊に味をつけました。にんにくも使っておりますので、酒に合うと存じます。お好みで、七色唐辛子をどうぞ」

六郎太はごくりと喉を鳴らすと、烏賊にかぶりついた。

「おう――あちっ――うまっ――」

烏賊を飲み込んだ六郎太の目が、きらきらと輝いた。

「絶妙な焼き加減ではないか。ふわっとやわらかいのに、じゅうぶんな嚙みごたえがある。わずかな焦げ目も、たまらなく香ばしい。烏賊の甘みと醤油が口の中で絡み合い、この上なく美味いのだが、こくを感じるのは腸が入っておるゆえか？」

「さようでございます」

六郎太は感嘆の息をついて、皿に残っている烏賊を見つめた。

「腸も、こうして捨てずに使えるのだなあ」

六郎太はもうひと口烏賊を頬張ると、しみじみと目を細めた。

「この烏賊の足は、とても食べ心地がよい。丸い刺のような、あれを感じぬが――」

「すべて取っております」

「何と！」

六郎太は目を見開いて、勇吾を見つめた。

「とんでもなく手間がかかっておるのではないか!?」

勇吾は微笑む。

「いえ、それほどでも。ちょいとひと手間ってやつですよ。料理にかける手間を惜しんじゃ、料理人の仕事とは言えませんので。何事も面倒から逃げずにやれ、と修業中は親方によく言われました」

勇吾は一礼すると、調理場へ戻っていった。

六郎太が烏賊を取り皿に盛って、翔右衛門に差し出す。しかし翔右衛門は手を出さない。六郎太は苦笑しながら、皿を翔右衛門の前に置いた。

「面倒から逃げない……いい話を聞いたなあ」

翔右衛門は皿の上の烏賊をじっと見つめている。

六郎太は酒をひと口飲むと、心底から美味そうに目を細めた。

「厳しく叱られた時は、ひどく落ち込みもするが、それは見捨てられていない証（あかし）ではないか。なあ、弥一郎さん」

弥一郎は答えずに、黙って烏賊を口に入れた。烏賊の旨（うま）みが身に染みる。

六郎太が翔右衛門の顔の前で手を振った。

「ほら、翔右衛門さんも食え、食え」

何度も勧められて、翔右衛門はやっと箸（はし）を手にする。烏賊を噛みしめると、思わずといったふうに、小さな唸（うな）り声を上げた。

「――美味いです」

六郎太は目を細めてうなずいた。

「どんどん食べろ」

「はい……」

食べ進める翔右衛門の顔つきが、次第に変わっていく。先ほどまで虚（うつ）ろだった目に、力がこもったように見える。

調理場から運ばれてくる料理を、翔右衛門は次々に頬張っていった。

弥一郎は静かに酒を飲み進める。

第三話　撃　退

卯月（四月）に入り、ぐっと暑くなった。朔日から袷を着ているが、日中の畑仕事ではかなり汗ばみ、もう単衣に替えてしまいたくなる。

夜風を入れながら長屋で一人、手酌していると、表口のほうに近づいてくる足音が聞こえた。

「弥一郎さん、まだ起きているよな」

六郎太の声に、弥一郎は顔をしかめる。

「もう寝るところだ」

「ちょっと開けてくれよ。薬を分けて欲しいんだ」

小さく戸を叩かれて、弥一郎はため息をついた。今日は仕事が終わったあと堀井の家へ行っていたはずなので、きっと飲み過ぎか何かだろう。声の様子からしても、さほど切羽詰まってはいないようだ。千恵との婚姻についての話が出て、浮かれたのか――。

「おーい、弥一郎さん」

「少し待て」

弥一郎は仕方なく土間に下りると、心張棒をはずして戸を開けた。

「悪いなあ」

と言いながら、ちっとも悪びれていない表情で、六郎太は板間に上がり込んだ。

「何だ、まだ飲んでおったのではないか」

「ちょうど寝支度をするところだったのだ」

弥一郎は六郎太の前に立った。

「それで、どんな具合なのだ」

「胃ノ腑がもたれておる」

やはりな、と弥一郎は胸の内で呟いた。

「堀井さんのところで飲み過ぎたのであろう」

「いや、食べ過ぎだ」

六郎太は胃ノ腑の辺りを押さえながら、でれんと相好を崩した。

「酒の肴に出された煮物は、日中遊びに来ていた千恵どのが作っていった物だそうでな。いや、実に美味かった。千恵どのがおれのもとに嫁いでくれれば、毎日あの味が食べられるのだなあ」

「それは喜ばしいが――本当に薬が必要か？　そのまま寝てしまえば、朝には治っておるのではないか」

「いや、念のため何か飲んでおきたい。明日の仕事に響くといかんからな」

弥一郎は薬箪笥の中から、乾燥させた茴香（フェンネル）の種を取り出した。胃もたれや痰を抑えるために乾燥させた実を煎じて飲むが、乾燥させた種を茶のようにして飲んでも同じ効き目がある。

「熱い湯で蒸らして飲め」

そのまま渡そうとすれば、駄々っ子のように頭を振られる。

「弥一郎さんがやってくれよ。まだ竈の火を落としてないだろう」

ここで飲むまでは帰らぬと言わんばかりの顔つきに、弥一郎は再びため息をついて台所へ向かった。

「今日は堀井さんの家で植物談議をしたのだが、近所の町医者たちも何人か来ておった。その中に、晴之介さんもいてな」

弥一郎は急須や茶こしを用意しながら、六郎太の声に耳を傾けた。

「晴之介さんが兄上たちから聞いたという話なんだが、あの翌日から、翔右衛門さんは近藤さまのもとへ通い出したらしいぞ」

浮き島で弥一郎に叱責された翔右衛門を、晴之介は案じ続けていたという。おくにとの縁組みについて仔細を相談するため実家へ行った折に、翔右衛門がどうしているか知らないか聞いてみたところ、近藤に厳しい稽古を連日つけてもらっていると御徒衆の間で評判になっていた。

――わたしは変わりたい。強くなりたいのです――。

だから鍛えてくれと頭を下げた翔右衛門に、近藤は大喜びした。

――今時の若者にしては、よい心構えだ。このおれが徹底して鍛えてやれば、心身ともにたくましくなるぞ――。

おまえたちも見習え、と近藤は自分の組の者たちに檄を飛ばしているという。

「近藤さまの稽古は、本当に厳しいんだってな。晴之介さんの兄上たちもたまに呼ばれるそうだが、稽古のあとは食欲も失せるほどへとへとになるらしい」

「だろうな」

一度の立ち合いで、近藤の力量はよくわかった。弥一郎が勝ったといっても、紙一重だったのだ。速さにおいては弥一郎のほうが上だったが、力では押されていた。体力がとてつもなくありそうだったので、もう少し粘られれば危なかった。

「御徒衆は非番の際、よく水練に励んでおる」

三代将軍の家光が水練を奨励したのだ。かつて家光が家臣たちの水練を見物した折に、御徒の水練が見るに堪えないほど未熟だったため、非番の際にもっと励むよう命じたという。以降、夏になると大川のほとりに小屋を建てて、非番の御徒が修練を積むようになった。

「水練の季節だけでなく、日々走って足腰を鍛えたり、何千回も木刀を振ったりしておるであろう。その中でも近藤さまの稽古は群を抜いて厳しいというのだから、相当きついはずだ」

六郎太が「うへえ」と声を上げる。

「御徒の家に生まれなくてよかったぞ」

弥一郎は苦笑しながら乾燥させた種を急須に入れ、沸かした湯を注いだ。

しばし蒸らす。

「あの時の弥一郎さんの言葉が、翔右衛門さんの胸にずしんと重く響いたのであろうなあ」

六郎太がしみじみとした声を出した。

「楽なほうへ逃げてはいかん、今こそ変わらねばと必死になって、歯を食い縛りながら近藤さまのもとへ通っているのだろう。翔右衛門さんは、きっとたくましくなるぞ」

浮き島を出た時の翔右衛門の顔が、弥一郎の頭によみがえる。確かに、腹を決めたような表情になっていた。

六郎太が笑いながら腹に手を当て、撫でさする。

「翔右衛門さんの話を聞いて、無性に嬉しくなってなあ。千恵どのの料理が美味かったのはもちろんなのだが、何やら浮かれ気分になって、堀井さんに勧められるまま、ついつい食べ過ぎてしまった」

まったく六郎太らしい話だ。

「それとな、弥一郎さん」

六郎太の声が少し沈んだ。

「堀井さんの家に、上野町二丁目に住む町医者も来たのだが、気になることを話しておってな」

弥一郎は眉をひそめた。

芙美に仕かけられた変化朝顔の種騒動で、弥一郎が無料で種を配布しているという噓が広まったのも、上野町二丁目の居酒屋だった。

「上野町二丁目は、御徒衆の住む場所から近いな」

六郎太が同意する。

「目と鼻の先だ」

「気になることというのは……時枝絡みか」

六郎太がうなずく。

「悪い評判が流れているらしくてな。詳しくはわからぬのだが、その、晴之介さんとおくにさんの仲を壊そうとした悪女だとか何とか」

堀井の家をみな一斉に辞した時に、その町医者が、足早に帰っていく晴之介の後ろ姿を見ながら小声で語ったのだという。

——晴之介さんも災難だったなあ。晴之介さんに岡惚れした女が、おくにさんに身を引けと迫ったそうじゃないか。御徒の家の娘だって話だが、ずいぶん気性の荒い女らしい——。

隣にいた男が、自分も噂を聞いたと言い出した。

——御徒の家の娘といっても、母親は町女だったんだよな。確か、下谷町一丁目にある古道具屋の一人娘でさ——。

前を歩いていた男が振り返って口を挟んだ。

——晴之介さんに岡惚れしたってのは、泉屋の孫娘の時枝って女だ。今、泉屋にいるらしいんだがね。おくにさんにひどい嫌がらせをしたもんで、晴之介さんの実家が激怒したそうなんだよ。同じ町内に住んでいるから、気まずくなって、祖父さん祖母さんのところに逃げ込んだのさ——。

「おれは、はっきり違うと言ったんだ。時枝さんは、そんな女じゃないってな。晴之介さんからも言ってもらおうと思い、探したんだが、もう姿が見えなくなっていた」

「そうか……」

間違いなく、雅美や芙美の仕業だろう。やはり先日の酒宴に近藤を呼ばなかったため、つけ入る隙を与えてしまったのだ。

「でたらめな噂を信じるな、ときつく言っておいたから、あまり大事にはならんと思うが。少し気をつけて様子を見ていたほうがよいかもしれんな」

弥一郎は腕組みをしながらうなずいた。

「ところで弥一郎さん、蒸らし過ぎじゃないか？」

気がつけば、六郎太があせったような顔で急須を指差している。

「あまり蒸らし過ぎると、苦くなったり——」

「大丈夫だ」

即答して、湯呑茶碗に注いだ。板間に運んでやれば、六郎太は茶碗の中を覗き込んで不安そうに顔をしかめる。

「やけに濃くないか？」

「問題ない。さっさと飲め」

湯呑茶碗を手にして、六郎太は顔をゆがめる。その前に仁王立ちして、弥一郎は急かした。

「飲んだら、さっさと帰って寝ろ。明日の仕事に響くといかんからな」

六郎太は意を決したように、湯呑茶碗に口をつけた。多少ぬるくなっていたようで、ごくごくと一気に飲んでいく。

湯呑茶碗を床に戻した六郎太は、少々珍妙な表情をしていた。

「弥一郎さん、おやすみ」

「うむ」

大げさによろけながら帰っていく六郎太の姿に失笑して、弥一郎は寝支度を始めた。六郎太のおどけた足取りに、いったん沈んだ心が少し軽くなっていた。

翌朝は晴れ渡り、すがすがしい青空が広がった。

「おはよう弥一郎さん、今日は栽培日和だなあ」

長屋から出てきた六郎太は元気そうだ。

「胃ノ腑の具合はどうだ？」

「おかげで、もうすっかり治った。濃い茴香茶が効いたのだな」

二人並んで御役宅へ向かう。

入口で、数人が立ち話をしていた。荒子たちだ。こちらに気づくと、ぱっと口をつぐみ、何ともいえない視線を向けてきた。みな明らかに、六郎太ではなく、弥一郎を見ている。

弥一郎は眉をひそめた。

「どうした、おれに何か言いたいことがあるのか」

仕事の指示に不満でもあるのかと思ったが、それにしてはやけに気遣われているような眼差しだ。何やら、気の毒がられているような――。

荒子たちは頭を振ってから一礼すると、わざとらしく「畑道の雑草を抜いておきます」などと言って逃げるように走り去った。

六郎太が首をかしげる。

「何だ、あれは」

「わからぬ」

が、嫌な感じだ。

御役宅の中に入ると、廊下の向こうから文平が歩み寄ってきた。挨拶もそこそこに「おかしな噂を聞いたのですが」と切り出してくる。

弥一郎は六郎太と顔を見合わせた。

「先ほど、荒子たちが妙な目でおれを見ておったのだが」

弥一郎の言葉に、文平がうなずく。

「これからお話しする噂のせいでしょう」

養生所に詰める外科医から聞いた話だと前置きをしてから、文平は語り出した。

弥一郎が悪女につきまとわれている。懸想して、御薬園まで押しかけてきた女の名は時枝——御徒の娘とも、古道具屋の娘とも言われている。

「今年の如月（二月）に、岡田さんを訪ねてきた女人が確かにいると、門番が申しておりました。泉屋の時枝と名乗った、と」

弥一郎は瞑目して、こめかみを押さえる。

「時枝は、泉屋という古道具屋の孫娘でな。母親が御徒に嫁いだゆえ、武家の娘として生まれた。あの日は、おれが貸した傘を返しにきただけだ」

「さようでございましたか」

と言いながら、文平は小首をかしげる。

「同じ月に、御徒の家の女人が岡田さんを訪ねてきたと門番は申しておりましたが、やはり同じ方だったのでしょうか。それで、しつこく押しかけてきたと噂されるようになったとか……」

不機嫌丸出しの目で見下ろすと、文平が口をつぐんだ。

「あとから来たのは、芙美という女だ。御徒の娘で、御徒に嫁いだ。時枝の腹違いの妹でな」

怒気を含んだ弥一郎の声に押されるように、文平は「そうなのですか」と相槌を打った。

「他に何を聞いた？」

弥一郎の顔色を窺いながら、文平は再び話し出す。

「岡田さんに言い寄っているという噂の女人は、たいそう身持ちが悪いらしく、岡田さんに懸想する前は、下駒込村に住む町医者の晴之介さんにちょっかいを出していたと言われていました」

晴之介にはすでに将来を誓い合った女がいたので、時枝はすげなく追い払われた。

そして次の獲物を狙うがごとく、弥一郎に目をつけたのだ。どうやら時枝は体が弱く、医学や薬種に関わる者を夫にして、自分の面倒を見させようとしているらしい。今は弥一郎に執着し、何が何でも一緒にならねばと思い詰めた時枝は、短刀をかざして婚姻を迫った。弥一郎は短刀を取り上げようとしたが、女人に怪我を負わせぬよう手加減したため、腕を傷つけられてしまった――。

文平はちらりと弥一郎の右手を見やる。

「岡田さんが手甲(てっこう)をつけるようになったのは、古傷が痛むせいかと、みな思っておりましたが。実は、その、噂の女人に斬られた跡を隠すためだったのだという話が流れてきまして」

「馬鹿な」と、弥一郎は思わず声を上げた。

だが、利き腕が痛むふりをして芙美たちを油断させるという、翔右衛門の策は成功か……。

「養生所の先生は、交流のある近所の町医者たちから話を聞いたそうです」

文平の言葉に、六郎太が低い唸(うな)り声を上げた。

「昨夜(ゆうべ)おれが聞いた噂と、出所は同じだろうな」

弥一郎はうなずいた。

「おまえが耳にした時、噂はすでに養生所と御薬園にまで広まっていたというわけだ」

　弥一郎はまっすぐに文平を見据えた。

「よいか、時枝に関する悪い噂は真っ赤な嘘だ。真に受けて、時枝の評判を貶める真似をした者は、この岡田弥一郎が絶対に許さぬと、みなに伝えておけ」

　強い眼差しを向ければ、文平は慌てたように何度もうなずく。まるで自分が取り返しのつかぬ事態を招いてしまったとでも思っているような表情だ。別に、文平に対して怒っているわけではないのだが――。

　六郎太が励ますように、文平の背中を叩いた。

「荒子たちには、あとでおれからも話しておいてやるよ。時枝さんとは、おれも知り合いだしな。あの人が御薬園を訪ねてきた折には、何を隠そう、このおれも一緒にいたのだ」

　文平は思案顔になる。

「では時枝さんという女人は、むしろ岡田さんと親しいのですね？」

「弥一郎さんが自分で育てた桜草をやるくらいにはな」

　文平は目を丸くした。

六郎太は、にっと口角を上げる。

「弥一郎さんが最近つけ始めた手甲は、時枝さんのお手製だぞ」

「何と……！」

悲鳴のような声を上げて、文平は弥一郎を見上げた。その瞳が妙に輝いて見える。

「おい、何か誤解をしておらぬか。おれと時枝は別に――」

「さっそく養生所の先生の誤解を解いてまいります！」

弥一郎をさえぎって、文平は一歩踏み出した。

「待て」

とっさに腕をつかむと、文平はにっこり笑って頭を振った。

「善は急げと申します。時枝さんの悪評など、一刻も早く消してしまわねば！」

弥一郎の手を振り払うようにして、文平は駆けていく。

「もう仕事を始めるぞ！」

背中に向かって叫んでも、文平は止まらない。

「すぐに戻りますのでっ」

あっという間に姿が見えなくなった。

弥一郎は横目で六郎太を睨む。

「なぜ誤解を生むような発言をするのだ」

六郎太は肩をすくめた。

「おれは事実を告げただけだ」

弥一郎は口をつぐむ。確かに、その通りだ――。

「時枝さんの噂の件は、文平に任せておけば大丈夫だろう。少なくとも小石川界隈では、きっとすぐに収まるぞ」

と言って、六郎太は大きく伸びをした。

「さあ、仕事だ。まだ中にいる荒子たちに指示を出したら、おれたちも薬草畑へ出ようではないか」

六郎太は口笛を吹きながら、御役宅の奥へ進んでいく。言い返すきっかけを作れぬまま、弥一郎もあとに続いた。


翌日の非番に、弥一郎は泉屋を訪ねた。悪評をばら撒かれた時枝本人の様子が気になった。

芙美と雅美が、時枝にも何か仕かけているのではないかと思えてならない。時枝に対するあの二人の憎悪は、やはり尋常ではなかった。

「岡田さま、ようこそお出でくださいました」

店先に立つと、すぐに官九郎が出てきた。弥一郎の姿を見て、思わずといったふうに大きな息をつく。顔に安堵の色が濃く浮かんだ。

「どうした」

官九郎が取り繕ったような笑みを浮かべる。

「実は、三日ほど前に、雅美さまが突然お越しになりまして」

弥一郎は顔をしかめた。

「何用で参ったのだ」

「時枝のせいで新田家が恥をかいたと、ひどくお怒りでございました」

官九郎は疲れ果てたように肩を落とす。

「立ち話も何ですので、中へどうぞ」

奥の座敷へ案内される。すぐにおろくが茶を運んできた。時枝の姿は見えない。

「時枝どのはどうしておる」

官九郎とおろくが同時にうつむいた。

「自分の部屋にこもっております」

「岡田さまにお茶をお出しするよう、声をかけたのですが……」

膝(ひざ)の前に置かれた茶をすすり、弥一郎は廊下のほうへ目を向けた。座敷に近づいてくる気配は微塵(みじん)もない。時枝はこのまま顔を出さぬつもりか。

弥一郎は静かに官九郎を見た。

「何があった」

官九郎は無念そうに顔をゆがめた。

「時枝に新たな縁談があったと伺いました。お相手は御徒(おかち)の三男で、今は町医者になっている方だとか」

弥一郎がすでに知っている話とほぼ同じ内容を、官九郎は悔しそうに語る。

「雅美さまがおっしゃるには――」

縁談は、時枝が仁右衛門に泣きついて強引に進めさせたものだった。晴之介には想う相手が他にいたが、横恋慕した時枝は、あくまでも自分のわがままを通そうとした。仁右衛門は何とか諭そうとしたが、時枝は自分の境遇を切々と訴えるばかりで、ちっともあきらめようとしない。想い合う二人の仲に横槍(よこやり)を入れて、晴之介を奪おうと躍起になるばかりだ。

そんな時枝に、世間は冷ややかな目を向けている。時枝をいさめられぬ新田家にも問題があるとささやかれている。

雅美は一気にまくし立てると、激しく時枝を責めたという。

――おまえのせいで、わたくしたちは肩身の狭い思いをしているのですよ。この厄介者が！　この頃は、晴之介どのだけでなく、小石川御薬園同心にまで色目を使っておるそうではないか――。

雅美の言い草を口にしてから、官九郎は恐る恐るというふうに弥一郎の顔を覗き込んだ。

「あの、時枝のせいで、岡田さまにご迷惑をおかけしたことはございませんでしょうか」

「ない」

弥一郎が即答すると、官九郎の口元に安堵の笑みが浮かんだ。

「時枝が変化朝顔の種をいただいたために、岡田さまが町人に貴重な種を無料で分け与えているという噂が流れ、大勢が御薬園へ押しかける騒動になってしまった、と雅美さまがおっしゃっていたのです」

弥一郎は、ふんと鼻を鳴らした。

「あれは芙美どのの仕業だ。あの女は、おれが気に食わんのだ」

官九郎は眉間に深いしわを寄せる。

「何と、岡田さまにまで嫌がらせをするとは……」

「時枝どのと関わったためにおれが迷惑をこうむったと気に病むのであれば、芙美どのの思う壺だぞ。向こうのやり口は、よくわかっておるであろう」

官九郎は大きくうなずいた。

「雅美さまがいちいち大声で怒鳴るのも、時枝を服従させるやり口のひとつなのでしょうな」

同席していた官九郎とおろくも、雅美のあまりな言い分に意見しようとしたが、いっさい聞く耳を持たなかったという。時枝をかばおうとすればするほど、雅美は激昂して金切り声を上げた。

「時枝を睨みつける雅美さまの形相はすさまじく、癇癪を起こしているというか何というか——あれが狐憑きだと言われれば、すぐに納得できるような剣幕でございました」

官九郎の隣に控えている、おろくも同意する。

「何と気性の荒いお方か、と改めて思いました。時枝は幼い頃より、あのようにして烈火のごとく怒りをぶつけられてきたのかと思うと……」

おろくは袖で目頭を押さえた。

「物心ついたばかりの子供に太刀打ちできるはずがございません。折檻されて育ったのであれば、なおのこと」

官九郎は膝の上で両手を握り合わせた。

「縁談など、時枝にはいっさい知らされておりませんでしたのに。わざわざうちへ乗り込んできたのは、おそらく話が上手くまとまらなかったため。時枝を嫁がせ、厄介払いしようという目論見がはずれたからでしょうな。何かしらの事情で新田家が非難されたため、都合の悪いことを、またすべて時枝のせいにしようとしているのですよ」

官九郎の言葉に、おろくが大きくうなずいた。

「時枝を諭したのだという体裁を取り繕うためだけに、雅美さまはここへやってきたのでしょう」

日頃は温厚なおろくの額に青筋が立っている。

「わたしの目が黒いうちは、もう二度と時枝を返しませんよ。新田家に戻れば、時枝の心が壊れてしまいます」

おろくの悲痛な声が座敷に響いた。

「もし万が一、娘だけでなく孫娘まで失う羽目になったら、死んでも死にきれませんよ」

「これ、縁起でもないことを言うな」

おろくをたしなめる官九郎の声は弱々しかった。おろくと同じ気持ちであることは明白だ。

弥一郎は再び廊下のほうへ目をやった。相変わらず、何の気配も漂ってこない。

「時枝どのの様子はどうであった」

官九郎とおろくは顔を見合わせ、うつむいた。

「最初は、雅美さまの話に頭を振っていたのです。『それは違います、わたくしは存じませぬ』と懸命に訴えておりました。ですが、時枝が口を開くたびに、雅美さまは怒鳴り声を上げて」

――黙れっ、おまえの話など聞いてはおらぬ！　わたくしの話をさえぎるなど、何と無礼な。また一から躾け直さねばならぬかのう――。

何度も声を荒らげる雅美に、時枝は声を失っていった。「躾け」という言葉に怯えているようだった、と官九郎は語る。

「あの怒鳴り声を聞くと、やはり恐ろしくなってしまうのでしょう。幼い頃に受けた心身の傷が、うずいてしまうのでしょうな」

おろくが再び袖を目頭に当てる。

「つい先日まで、岡田さまがくださった桜草を毎日眺めては、とても嬉しそうにしておりましたのに」

この三日の間は、おろくが桜草の世話をしているという。

「最後のつぼみが開きましたのに、このままでは、時枝が部屋を出てくる前に花が終わってしまいます」

おろくの涙声に、弥一郎は立ち上がった。

「時枝どのの部屋へ行ってもよいか」

官九郎が顔を上げる。

「それは構いませんが……岡田さまが声をかけてくださっても、時枝が襖を開けるかどうか……返事をするかさえもわかりません」

「わかっておる」

おろくの案内で、弥一郎は時枝の部屋へ向かった。


固く閉ざされた襖は時枝の心をそのまま表しているようだ、と弥一郎は思った。

心張棒で押さえていなければ外から簡単に引き開けられるだろうが、襖には手を触れずにおく。

　おろくが不安げな顔で弥一郎を見上げる。弥一郎はうなずいた。わずかに躊躇しているようだったが、おろくは襖の前に弥一郎を残して去っていった。

　部屋の中からは物音ひとつしない。

「時枝どの」

　声をかけると、かすかに衣擦れの音がした。しばらくして、ひたひたと畳の上を歩く音がする。襖の向こうに居住まいを正したようだ。

「……岡田さまでございますか？」

　わずかにかすれた声が襖の向こうから聞こえてくる。

「そうだ」と答えれば、時枝のため息が耳に入ってきた。

「わたくしのせいでご迷惑をおかけして、大変申し訳ございませんでした」

「何の話だ」

「変化朝顔の種を求める人たちが、御薬園に押しかけたと――」

「なぜ、それが時枝どののせいになるのだ」

　襖の向こうが、しんと静まり返った。

「何でもかんでも自分のせいだと思い込み、おのれを卑下するのが好きなのか」

「まさか、そんな」

「では継母に言われたことで思い悩むのはやめろ」

時枝は再び黙り込む。

弥一郎は襖の前にじっとたたずんでいた。

しばし時が流れる。

痛いほどの沈黙が、襖一枚で隔てられている二人の間に漂った。

「……言い返そうとしたのです」

やがて、時枝の声が弱々しく響いた。

「いわれのない言いがかりで、義母上に怒鳴られたりするのはもう嫌だと思い、闘おうとしたのです」

時枝の声が震える。

「ここは新田家ではありません。お祖父さまとお祖母さまもついていてくださる。今こそ抗うのだと、そう思っていたのに」

しゃくり上げるような時枝の息遣いが襖の向こうから聞こえてくる。

「できませんでした……」

か細い声が、弥一郎の耳に届いた。

「わたくしは、つくづく自分が情けなくなりました。変わりたいと思っても、けっきょく変われない、臆病(おくびょう)者なのです」

振りしぼるような時枝の声に、弥一郎は、浮き島で叱り飛ばした時の翔右衛門の姿を思い出した。

「姉弟(きょうだい)そろって、まったく。翔右衛門どのはすでに変わり始めておるぞ」

「えっ」

時枝が困惑の声を上げた。

「翔右衛門とは、いったい——」

「おまえの弟、新田翔右衛門どののことだ」

そろりそろりと襖が中から引き開けられる。

敷居の向こうで居住まいを正している時枝は、すっかり憔悴(しょうすい)しきった顔つきだ。

この三日、ろくに眠れていなかったのだろう。

「岡田さまが、なぜ翔右衛門をご存じなのですか」

見上げてくる時枝の眼差(まなざ)しは、弱いながらも虚(うつ)ろではない。弥一郎はひとまず安堵(あんど)した。

「翔右衛門どのは先日、おまえを案じて泉屋の前まで来ておったのだ。たまたま、おれが訪れた日でな。おまえの様子を知りたいがあまり、折よく出てきたおれに声をかけてきた」

時枝の視線が動揺したように揺れる。

「なぜ……わたくしとは、もう何年もまともに話をしておりませんのに」

「翔右衛門どのはずっと、自分の母親の仕打ちに胸を痛めておったのだ」

時枝は戸惑ったように眉根を寄せる。

「翔右衛門どのは、新田家を変えると申しておった。そして、そのために自分も変わろうとしておる。いつか、おまえが安心して里帰りできる家を築き上げてみせると宣言しておったぞ」

何が起こっているのかわからない様子で、時枝は弥一郎を見上げた。

「翔右衛門どのは今でも悔やみ続けておるのだ。幼い頃、熱を出した自分を夜通し看病してくれた優しい姉だったのに、母親たちからかばうことができなかった、とな」

信じられぬと言いたげな表情で、時枝は小さく頭を振る。

「そんな、翔右衛門が気に病むことでは——あの子は——あの子だけは、わたくしにつらく当たらなかったのです」

「それを当たり前と思えぬ境遇に置かれていたのだ、おまえは。変わろうとすれば潰(つぶ)される状況だったのだから、理不尽に抗おうとして怖気(おじけ)づくのもやむを得まい」

時枝はじっと弥一郎の話に耳を傾けている。

「誰だって、変わるのは怖い。だが、それでも変わらなければと強く思うのであれば、恐れの向こうへ飛び込まねばならぬのだ。同じ場所にとどまるのは楽だが、今のままで望みに手が届くのか？」

時枝は首を横に振る。

弥一郎は微笑んだ。

「翔右衛門どのは今、御徒(おかち)の中で最も厳しい方のもとで修行を積んでおる。きっと木刀で何度も打たれながら、歯を食い縛って武芸上達に努め、心身を鍛え上げておるのだ。『わたしは変わりたい。強くなりたいのです』と申しておったそうだぞ」

時枝が、はっと息を吞(の)んだ。

「わたくしと同じ……」

「あいつは強くなる」

断言すると、時枝はくしゃりと顔をゆがめた。

「わたくし……わたくしも……」

弥一郎はうなずく。

「心が折れねば大丈夫だ。ひるんでしまいそうになった時は、官九郎やおろくなど、おまえを大事にしてくれる者たちの顔を思い浮かべるがよい。きっと力をくれるぞ」

時枝はじっと弥一郎を見つめた。潤んだ目の奥に、力強い光が宿っている。

「くじけそうになった時は、岡田さまのお顔も思い浮かべます」

弥一郎は笑った。

「おれの顔でよければ、いつでも使うがよい」

時枝の顔が大きくほころぶ。

一瞬、どきりと息が止まった。

まるで色鮮やかな紅紫の牡丹が、目の前で大輪の花を咲かせたような――。

まっすぐに見つめてくる時枝から、弥一郎は目をそらすことができない。歓喜や緊張が綯い交ぜになって、勢いよく体内を駆け巡っていく。

目と目を合わせているうちに、何やらひどく気障な台詞を吐いてしまったような心地になって、弥一郎は内心あせった。

六郎太に誘われて浮き島へ行ったのは、その翌日だ。戸を引き開けると、小上がりに翔右衛門と晴之介の姿があった。

「おれが声をかけたんだ」

と言いながら、六郎太が二人の前に腰を下ろす。弥一郎もあとに続いた。

翔右衛門が居住まいを正して、弥一郎を見る。硬い表情だ。

「あの、先日は――」

「励んでおるようだな」

謝罪は不要という意を込めて、翔右衛門をさえぎった。

「近藤さまのもとへ通っておると聞いたぞ。厳しい稽古に耐えておるそうではないか」

翔右衛門の表情が、ほっとしたようにゆるむ。

「はい、何とかついていっております。いざという時に上さまをお守りするための技や、黒羽織をまとう心構えなどを、先輩方も熱心に教えてくださいまして」

御徒には黒縮緬の羽織が支給されているが、これは将軍が外出する際にまとう黒羽織と同じである。いざ襲われた時には将軍が御徒の中にまぎれ込み、敵の目をあざむいて逃げるのだ。つまり有事の際、御徒は将軍の身代わりにもなる。

「何でもかんでも真っ向から立ち向かえばよいというわけではない、と近藤さまに教わりました。時と場合によっては周りを使い、相手からいったん離れるのも得策だ、と――」

翔右衛門は自嘲めいた表情で一瞬目を伏せたが、すぐに弥一郎の目をまっすぐ見つめてきた。

「先日の件を、すべて近藤さまにお話ししました」

弥一郎の名を出した時にはひどく驚いた表情をしていた近藤だったが、黙って翔右衛門の話を聞き終えると、非常にさわやかな笑みを浮かべたという。

――岡田どのが、おれを覚えていてくれたか。あの男に信頼されるとは、実に嬉しいのう――。

そして翔右衛門に優しい目を向けた。

――おれに声をかけにくかったなどと、言わんでもよいことを馬鹿正直に伝えおって、まったく。腹芸のできぬ男よのぅ。岡田どのが、おれに任せておくよう申されたのも無理はないわ――。

居酒屋に引っ張られ、初めてともに酒を飲んだ近藤は、驚くほど気さくだったという。翔右衛門に酒を注ぎ、自分は手酌をしながら、よくしゃべっていた。

「料理まで取り分けていただいた時には、誠に恐縮いたしました。稽古中は、先輩方が近藤さまの飲み物などを用意されていましたので。……酒の席では逆に、いつも近藤さまが気遣ってくださるのだ、と先輩方がおっしゃっていました」

翔右衛門の言葉に、弥一郎はうなずいた。記憶の中の近藤と変わらぬ姿である。

「時枝姉上の悪評がそちらにまで広まったと、佐々木どのに伺ったのですが――」

話を変えたとたん、翔右衛門の声に怒りの色が加わった。

「実は、父を巻き込んだ酒宴のあと、御徒の間でも時枝姉上の悪い噂が流れたのです。晴之介どのとおくにさんの仲を、姉上が引き裂こうとしたと言われております」

近所の町医者から話を聞いた者がいるらしいが、これも雅美と芙美の仕業だと翔右衛門は見ていた。

「今度はすぐ、近藤さまに相談させていただきました」

――おれに任せておけ――。

引き受けた日からさっそく、近藤は動いてくれた。

武芸稽古のあと、御徒衆が多く集まる居酒屋に後輩たちを引き連れていく。いつものように飲みながら、さりげなく翔右衛門の名を出して、姉の時枝の話に持っていった。

——時枝どのは真（まこと）に心優しき女子（おなご）よのう。幼い頃に熱を出した翔右衛門を、夜通し看病しておったそうな。翔右衛門が稽古に励めるようになったのも、時枝どののおかげであろう——。

上機嫌な近藤の言葉に、その場にいた御徒たちは顔を見合わせていたという。

——何やら噂とは違うようだぞ——。

——だが近藤さまのおっしゃることに間違いはあるまい——。

——近藤さまは、曲がったことが大嫌いなお方だ。もし時枝どのが理不尽な真似をする女人（にょにん）であれば、その身内である翔右衛門を連日稽古に呼んだりはなさるまい——。

きっと何か誤解があったのだろう、と御徒たちは思ったらしい。

「時枝姉上の噂を真に受けぬ者が増えてきたようです」

安堵（あんど）したように言ってから、翔右衛門は悔しそうに口元をゆがめた。

「わたしも表立って時枝姉上を守りたいのですが……まだ早い、と近藤さまに止められまして」

弥一郎はうなずく。

「今は家族をあざむいておればよい。機がくれば、おまえの出番も必ずある。それまでは力を蓄えておけ」

弥一郎の言葉を噛みしめるように、翔右衛門は唇を引き結んだ。

晴之介が励ますように、翔右衛門に笑いかける。

「わたしの兄たちも『くだらない噂を流すな』と周りに怒っているそうだよ。もちろん、わたしも『身に覚えのない噂が一人歩きして困っている』と町医者の集まりで言っているんだ」

翔右衛門は深々と頭を下げた。

「ありがとうございます」

晴之介は笑顔で首を横に振ってから、申し訳なさそうに目を伏せた。

「実は兄たちが、時枝どののことを少し聞き込んでね」

「えっ」

翔右衛門に凝視され、晴之介は気まずそうに続ける。

「新田家の隣に住む乾平助どのが、酒の席で、兄たちにぽろりとこぼしたんだ」

時枝の噂を聞いて、平助は胸を痛めていたという。

――あの娘は真に気の毒だ――。

ほろ酔いになった平助は、これまで見聞きしてきた隣家の事情を語り出した。

――仁右衛門どのが迎えた後妻は、時枝どのにつらく当たってなあ。昔はしょっちゅう怒鳴り声が聞こえておった――。

もし雅美が継子（ままこ）を虐げていると世間に広まれば、雅美は逆上して、ますます時枝をいじめるかもしれない。雅美ならやりかねないと案じた乾夫婦は長年の間、口をつぐんでいた。他家の事情に深入りできぬという遠慮もあったのだ。

――しかし、あまりにも時枝どのが不憫（ふびん）になって、家内が少しばかりお節介を焼いたのさ。時枝どのに書物を与え、読み書きや縫い取りを教えたのは、家内なんだ――。

平助の妻の松代（まつよ）は、ある日、時枝の手の甲の痣（あざ）に気づいた。読み書きなどを教えながら、さりげなく注視していると、袖口（そでぐち）から覗（のぞ）く手首にも痣はあった。

――着物の裾（すそ）を直してやるふりをして足を見たら、そっちにも痣がついていたというんだ。生（な）さぬ仲とはいえ、むごい真似をすると言って、家内は怒っていたよ――。

昨年末、時枝が泉屋に移ったと聞いて、乾夫婦は胸を撫（な）で下ろしたという。

「乾どのの話を聞いて、兄たちも驚いていたよ。時枝どのがあまりにも気の毒だと言っていた」

うつむく翔右衛門の肩を、晴之介が軽く叩（たた）いた。

「時枝どのの名誉を守るための助力は惜しまない。わたしたち兄弟は、翔右衛門どのが新しい新田家を築く日を、心から待ち望んでいるよ」

「はい」

顔を上げた翔右衛門の表情は、きりりと引きしまっていた。


しばし穏やかな日々が続く。

日中の暑さが増し、御薬園内の緑も次第に色濃くなってきたように感じる。

弥一郎は手甲（てっこう）をつけて仕事を続けていた。

採取した軒忍（のきしのぶ）を御薬種干場（乾薬場）へ運ぶよう、荒子（あらしこ）たちに指示を出す。水洗いしてから陰干しにするのだ。乾燥させた物を瓦韋（がい）と呼び、利尿薬などとして使う。

荒子たちのあとに続いて干場へ向かおうとすると、門番が近づいてきた。

「泉屋の手代が、岡田さまに文を持ってまいりました。門の前でお返事を待っておられます」

受け取って読むと、明後日の夜に食事に招待したい旨がしたためられていた。

間際のご案内で大変恐れ入りますが、実は雅美さまから酒が届けられる運びとなりまして――という文言に、弥一郎は顔をしかめる。

時枝が迷惑をかけた御薬園同心に酒を振る舞い、新田家への不満が出ぬよう、そつなくあしらってほしい、という文を雅美が送ってきたのだという。

とにかく新田家の外聞が悪くなるのは困る。本来であれば雅美自らが御薬園同心に応対して、時枝の愚行を詫び、悪い噂を消し止めたいところだが、今はなかなか難しい。仁右衛門のお役目の関係で少々慌ただしく過ごしているのだ、と雅美は文で語っていたという。

弥一郎は鼻先で笑う。

「まったく、たわけたことを」

思わず小声で呟いた。

詫びだなどと、そんな殊勝な気持ちが雅美にあるはずがない。

いったい今度は何をたくらんでおるのだ……明後日に、何があるのか……。

弥一郎は門番に向き直った。

「承知した、と泉屋の手代に伝えてくれ」

「かしこまりました」

戻っていく門番の後ろ姿を眺めながら、弥一郎は文を懐にしまった。

その夜、浮き島へ行くと、翔右衛門の姿が小上がりにあった。

やはり来ておったか――。

弥一郎に気づくと、翔右衛門は安堵したように息をついた。

「ああ、いらしてくださってよかった」

「どうした、何かあったのか」

「いえ、あったというほどのことではないのかもしれませぬが……」

酒と肴を注文すると、すぐに勇吾が運んでくる。

霰豆腐をつまみ、焼き味噌を舐めながら、翔右衛門の話を聞いた。

「実は、父が組頭に昇進できそうなのです」

「めでたい話ではないか」

だが、翔右衛門の表情は冴えない。

「今の組頭が病に罹ってしまい、このところ臥せっていたのですが、回復の見込みがまるで立たぬらしく」

すぐに代わりを務められるような跡継ぎもないので、仁右衛門に白羽の矢が立ったのだという。

「うちの組のお頭が、内々に父の意志を確かめてきたそうです。これは間違いなく決まりだと、父も母も大喜びで」

両親が仲よげに喜び合う姿を見るのは初めてかもしれない、と翔右衛門は複雑そうな表情になった。

「母は上機嫌で、まだ公になっていない話だというのに、お頭を招いて祝いの席を設けると言い出しました。他人の不幸を喜ぶようで、わたしは気が引けると申したのですが……」

雅美は「何の遠慮がいるものか、内輪の祝いなのだし構わぬであろう」と言い張った。あくまでもただの食事だということにして御徒頭を呼べば、誰の不評も買うまいというのが雅美の言い分だ。

「母にせっつかれ、父はお頭に声をかけました。そして明後日の夜に、お頭が我が家へいらしてくださることになったのです」

表向きは「ささやかな食事」ということになっているのだが、雅美は奮発して鯛を注文したという。

「酒の手配も済ませ、母はすっかり浮かれております」

翔右衛門はちらりと弥一郎を見た。

「明後日の夜、岡田どのは泉屋の招待を受けておられませぬか？」

「受けておる」

弥一郎は懐から官九郎の文を取り出すと、翔右衛門に差し出した。

「拝見してよろしいのですか？」

「構わぬ」

翔右衛門はさっそく文に目を通す。

弥一郎は酒を飲みながら、泉屋に雅美が乗り込んできた件を告げた。

「都合の悪いことは、すべて時枝どののせいにしておったそうだからな。おれを丸め込み、種騒動の件もなかったことにしたいのではないか」

翔右衛門は訳知り顔でうなずいた。

「ですが母が手配した酒は、純粋な詫びの品ではございませぬ」

返された文を懐にしまいながら、弥一郎は翔右衛門の話に耳を傾けた。

「先日、非番の折に、近藤さまに稽古（けいこ）をつけていただいたのですが――」

新田家へ帰ると、芙美が来ていたという。

翔右衛門は足音を忍ばせて、芙美と母がいる居間の前に立った。半分開いた襖（ふすま）の陰に隠れて聞き耳を立てると、仁右衛門の昇進話に舞い上がっている雅美が、ころころと笑いながら前祝いの件を芙美に話していた。

――同じ日に酒が届くよう、泉屋に伝えておいたが、詫びなど誰がするものか。まぬけな御薬園同心め。素直に受け入れ、飲む酒が、まさか我らの予祝になっているとは夢にも思わぬであろうのう――。

芙美も笑いながら同意した。

――これで、やっと溜飲が下がりますわね。真実を知った時、あの男の取り澄ました顔がどのようにゆがむか想像すると、とても楽しくなりますわ――。

――芙美のおかげで、わたくしも愉快になってきた。酒を奮発した甲斐があったというものよ――。

――まあ母上、向こうの分は安酒にするものだと思っておりましたが、違うのですか――。

――新田家がけちだと侮られてはならぬからのう。それに、美酒で散々酔わせておいたほうが、失望の色も濃くなるかと思うての――。

――さすが母上ですわ――。

二人の笑い声を聞きながら、翔右衛門はうんざりしたという。これが同じ血を分けた母と姉かと思うと、非常に情けなくなった。何が失望だ、失望したのはこっちだ、と怒鳴りつけてやりたくなった。

「ですが、わたしの出番はきっと、まだ先なのだと思い直しました」

茶を淹れ直すため居間から出てきた雅美が、襖の陰に立っていた翔右衛門に気づいた。たった今ここを通りかかったのだというふりをした翔右衛門に、雅美は晴れやかな笑顔を向けた。

――この頃、よく励んでおるようですね。近藤さまにとても可愛がっていただいていると聞きましたよ。近藤さまに認められた者は必ず大成する、と近所でも評判です。わたくしも本当に鼻が高いわ――。

ほほほと笑い声を上げながら台所へ向かう雅美の後ろ姿を、翔右衛門は冷めた目で見つめていたという。

「悲しいという気持ちを通り越して、呆れ返ってしまい……」

しかし、そう言っている翔右衛門の表情は、やはり悲しげに見えた。

母親に対する思いは、やはり複雑なのだろう。血の繋がりがすべてではないだろうが、身内であればわかり合えるのではないか、家族にはまっとうな生き方をして欲しい、と望んでしまう心が止められぬのだ。

「泉屋の招待は断ってください」

翔右衛門が酒をあおった。

「何が予祝だ――母が送った酒など、飲む必要はありませんよ。あとで腹に据えかねるような何かを言われるに決まっています」

翔右衛門の杯に酒を注ぎ足して、弥一郎は苦笑した。

「いや、やはりめでたい。新田さまの昇進は、おまえにとってもよい話だろう。上に顔を覚えてもらう機会も、ますます多くなるぞ」

「上の覚えなど、そんなもの」

「大事なことだ」

翔右衛門をさえぎって、弥一郎は続けた。

「力を持たぬ者は、何ひとつ守れぬ」

弥一郎は手酌して酒を飲んだ。

「明後日は、芙美どのたちも呼ばれておるのか？」

「いえ。父の昇進は、まだ公の話ではありませんので、今回は本当に内輪だけで」

と言いながら、翔右衛門は首をかしげた。

「いつもの母であれば、芙美の夫にもぜひ目をかけていただきたいと、徳之進どのもお頭と同席させたがったやもしれませぬが……」

「愛娘（まなむすめ）といっても、芙美どのは嫁に出した身だ。その夫を呼べば、ささやかな食事の席と言いながら、他家の者まで招いたことになるであろう」

弥一郎の言葉に、翔右衛門は納得した顔になった。

「母は、他人目を気にしますからね」

弥一郎はうなずいて、焼き味噌を舐めた。ほんのり胡麻油の香る甘じょっぱさが、舌に染みる。中に混ぜ込まれた粗みじんの葱とにんにくが、絶妙な歯ごたえを生み出している。

「せっかくの酒だ。とくと味わわせてもらおう」

ただし、すべての片がついたらな——と、弥一郎は胸の内で呟いた。

二日後の夕方、弥一郎が泉屋を訪れると、すぐに奥の座敷へ通された。

時枝とおろくが膳を運んでくる。

鯛の刺身、あさりと三つ葉の酒蒸し、鰹の生姜焼き、豆腐田楽、夏大根と椎茸の煮物、海老のつみれ汁、白飯、香の物——どれもみな、上品な器に美しく盛りつけられている。

「豪勢だな」

弥一郎が感嘆の目を膳に向けると、官九郎がにっこり笑った。

「経緯はどうあれ、岡田さまがお出でくださるせっかくの機会ですので、近所の料理屋に作らせました。なかなか美味い店なのでございますよ。ああ、海老のつみれ汁だけは、時枝が作りました」

弥一郎は汁椀と時枝を交互に見た。

時枝が気恥ずかしそうに目を伏せる。

「お口に合えば嬉しいのですが……」

今日の時枝は、赤い珊瑚の飾りがついた簪を髪に挿している。まとう着物は地味な滅紫の縞柄だが、艶のある黒髪に赤が映えて、いつもより少し華やいで見えた。

「さ、岡田さま、ご一献どうぞ」

官九郎が酒を注ごうとする。弥一郎は手で制した。

「すまぬが、今日は料理だけ馳走になる」

官九郎は怪訝そうな顔をして、近くに置いてあった角樽に目を向ける。

「おかしな物は入っていないと思いますが……」

弥一郎は苦笑した。

「これからまだ、ひと仕事あるのだ」

官九郎は目を見開いた。

「何と――大変お忙しい時にお呼び立てしてしまい――」

「構わぬ。つかの間の、よい気晴らしになる」

弥一郎は汁椀を手にして目を細めた。

「美味そうだな」

澄まし汁の中に入っている海老の団子は、とても形よく丸められている。汁の上にそっと浮かべられた三つ葉の色が鮮やかだ。

時枝の強い眼差し(まなざ)を感じながら、弥一郎は汁を口に含んだ。

昆布出汁(こぶだし)と塩――わずかに醤油(しょうゆ)を垂らしたような、ほどよい味が、弥一郎の口の中に広がる。つみれをかじれば、海老の甘みが舌の上を駆け巡った。

「美味い」

時枝を見ると、心底から安堵(あんど)したような笑みを浮かべていた。

四人で一緒に食事を取り、しばし穏やかな時を過ごす。

「このところ、めっきり夏らしくなってきましたなあ」

料理をつまみながら、官九郎が外へ目を向けた。

風を入れるため障子を開けてあるので、裏庭の木々が見える。

「先日、仕事仲間に誘われて灌仏会(かんぶつえ)へ行ったのですが、冷や水売りの前に行列ができておりましたよ」

灌仏会とは、四月八日に釈迦の生誕を祝う法会である。さまざまな花で飾った小さな花御堂の中に釈迦の誕生仏を安置し、甘茶をそそぎかけて供養する。卯の花を飾って祝う風習もあった。

また、冷や水売りとは、砂糖で甘くした水に白玉団子を入れて売る夏の商売であるが、実際には高価な砂糖などは使われていないといわれており、いざ買えば生ぬるい水だったということも多かったようだ。

「そろそろ川遊びにもいい季節だ、などという話になりましたら、先月に浮間ヶ原まで桜草を見にいったと言う者がおりましてね」

荒川沿いにある桜草の群生地のひとつである。

「我が家にも、とても美しい桜草があると自慢してまいりましたよ。そのうち庭いっぱいに咲くようになるだろう、とね」

おろくが笑う。

「まったく気の早いこと。来年は、わたしたちも桜草見物に行きたいですねえ」

官九郎が名案を思いついたと言わんばかりに、弥一郎の顔を覗き込んでくる。

「岡田さまも、ぜひご一緒に。屋形船を仕立てますので、花見弁当を食べながら桜草を楽しみましょう。時枝も喜びますので」

咲き乱れる桜草の中で微笑む時枝の姿が、弥一郎の目に浮かんだ。

一瞬の沈黙をどう捉えたのか、時枝が慌てたように、官九郎に向かって身を乗り出す。

「お祖父さま、ご迷惑ですよ。岡田さまはお忙しいのですから」

「楽しみにしていよう」

弥一郎の言葉に、時枝は目を見開く。

「……よろしいのですか？」

おずおずと聞いてくる時枝に、弥一郎はうなずいた。

「一介の御薬園同心には贅沢な遊びだからな。おろくの供侍として、遠慮なく相伴に与るとしよう」

名指しされたおろくが笑いながら手を横に振る。

「まあ、何て恐れ多いこと。でも、岡田さまがご同行くださるなら心強いですねえ。来年の桜草見物を励みにして、足腰が衰えぬよう今から鍛えておきます」

心地よい風がさわさわと部屋に入ってきた。みな裏庭のほうへ目を向ける。

「あの……」

時枝が口を開いた。

「そろそろ朝顔の種を蒔く頃だと思うのですが」

「うむ。あと四、五日様子を見て、天気が変わらぬようであれば種を蒔こうと思っておった。鉢や支柱は用意してあるか？」

「はい。必要な物は、お祖父さまがすべて買いそろえてくれました」

官九郎とおろくが顔を見合わせ、にっこり笑う。

「朝顔の花が咲くのも楽しみだなあ。岡田さまのおかげで、我が家に花が満ち溢れる」

「ええ、本当に」

春の桜草に、夏の朝顔——秋と冬の花も考えておかねばならぬか、と弥一郎は思った。

四季折々の花をそれぞれ思い浮かべているような表情で、一同は膳を食べ進める。

食後の茶を飲むと、弥一郎は泉屋をあとにした。

夜道を提灯で照らしながら小石川へ向かうと、すぐに何者かが尾けてくる気配を感じた。

ひとつ、ふたつ、みっつ——三人だけのようだ。

樹木の生い茂る薄暗い坂道を避け、湯島のほうへ足を向ける。居酒屋などが建ち並ぶ通りをぐるりと回り、わざと人混みの中を進んだ。

ちらりと振り向けば、急ぎ足で追ってくる三人の男が見えた。目立つことを避けてか、三人とも頭巾などはかぶっていないので、町の明りで顔がはっきり見えた。

真ん中にいるのが、芙美の夫の徳之進だろうか。ひどく強張った顔をしている。両隣の二人も緊張の面持ちだが、真ん中の男よりは幾分か気楽そうに見えた。つまり、他人事なのだろう。御徒に盾突く生意気なやつをちょっとこらしめてやろう、くらいにしか思っていないのかもしれない。

徳之進はおそらく「何が何でも岡田弥一郎を叩きのめしてこい」と芙美にけしかけられているのだ。何を吹き込まれたのか知らぬが、弥一郎を完膚なきまでに痛めつけねば面目を失うと思い、相当意気込んでいるのだろう。かなりの力みが顔に表れている——ということは、あまり荒事に慣れていないのだろうか。

徳之進が近藤の稽古に呼ばれている猛者だとは聞いていないが、誰が相手であっても油断は禁物だ。弥一郎は慎重に道を選び、三人に取り囲まれぬよう注意して進んだ。

町人地から武家地へ入る。

人通りはなく、しんと静まり返っている。

後ろから追ってくる足音だけが、ひたひたと響いた。どんどん迫ってくる。

弥一郎は提灯を消した。その場に捨てて走る。

この辺りの道筋はすべて頭に入っているので、星明りだけでじゅうぶんだ。

武家屋敷の間を抜けていく脇道へ駆け込んだ。塀と塀の間は狭く、三人同時には並べない。刀を抜けば、かかってくるのは一人ずつになるはず。

前方を横切る大通りまであと少しという場所で、弥一郎は立ち止まった。ここであれば、三人のうちの一人が別の脇道から回り込むような動きを見せた時にも対応しやすい。

もし敵が前後から弥一郎を挟もうとするならば、それは十中八九、最初の一人が倒された時だと踏んだ。利き腕を使えぬへぼ侍に負けるはずがないと過信していたにもかかわらず、仲間がやられたとなれば、残りの二人はかなりあせるだろう。だが弥一郎の背後に回り込もうとするならば、いったん引き返し、別の脇道へ出て遠回りをしなければならない。

弥一郎の前に一人残された者が動揺している隙に素早く倒し、背後へ回り込まれる前に、さっさと大通りへ出てしまえばよいのだ。仮に敵の足が速かったとしても、この脇道に残った一人を迅速に片づけてしまえば問題はない。最後の一人に向かい合い、倒すのみである。

瞬時に頭の中で戦い方を組み立てると、弥一郎は振り返った。

三人の男が縦一列に並んで、弥一郎を睨（にら）みつけている。先頭は、先ほど真ん中にいた男だ。弥一郎と同じく、三人とも提灯は手にしていない。

「きさまが岡田弥一郎か」

「いかにも」

弥一郎は悠然と応じた。

「おまえは小山徳之進だな」

男は、ふんと鼻を鳴らした。

「きさまに名乗る必要はない」

だが図星を指されて動揺したのだろう、わずかにぴくりと肩が跳ねていた。

「名乗ることもできぬ小心者であれば、それでもよい」

星明りの下で、男の顔が大きくゆがむ。

ずいぶんと気持ちが顔に出やすい男だ——ならば少々挑発してやるか。

「息が荒くなっておるな。鍛練不足ではないのか」

鼻先で笑うと、男は唸(うな)り声を上げた。

「黙れっ、刀を握れぬ御薬園同心のくせに！」

男は弥一郎の右手を指差した。

「駒場におったといっても、それは過去の話。今では木の枝や刺(とげ)が刺さるのを恐れて、お役目中に手甲(てっこう)をつけておるそうではないか」

男の後ろにいる二人が、にやにやと笑う。

「何と、ひ弱な」

「そのような軟弱者、わざわざあなたが相手をする必要はございません。それがしが痛い目を見せてやりますよ」

自信満々の表情で一人が前に出てくる。

「命までは取らん。だが、二度と時枝どのに近づきたくなくなるよう、きっちり仕置きしてやる」

男は鯉口(こいぐち)を切って抜刀した。弥一郎を威圧するように上段に構え、尊大な表情でじろりと睨みつけてくる。

隙だらけだ――。

弥一郎がまったく刀を使えぬと信じ込んでいるからだろうが、自分が攻撃されるとは微塵も思っていないような甘い構えだ。これが自分の味方であったなら、頭を抱えたくなるほどのひどさである。

弥一郎が黙り込んだのを怯えと取ったのか、上段に構えた男は余裕綽々の笑みを浮かべた。

「本当に手加減なしでいいんですね？」

明らかに徳之進と思われる男が大きくうなずいた。

仲間の勝ちを疑っていない顔つきだ。高みの見物とでもいうように腕組みをする。

「存分にやれ」

弥一郎は呆れた。

おのれが有利と思う場でも、常に周囲への警戒を怠らず、瞬時に動ける心構えを持っておらねばならぬのに。あの体勢ではすぐに抜刀できまい。これで真に御徒が務まるのだろうか。

対峙する相手を侮って油断するつもりは毛頭ないが、どうにも凡庸過ぎる――いや、馬鹿丸出しの男に見えて仕方がない。

しかし、だからこそ芙美のような女に丸め込まれて、あっさり時枝を捨てたのか。

芙美と徳之進がどのような経緯で惹かれ合ったのかは知らぬが「似た者夫婦」とはよく言ったものだ。

「覚悟しろ！」

刀を構えた男が雄叫びを上げた。

「とおっ」

刃が大きく振り下ろされる。弥一郎はかわした。

男が舌打ちをして、再び上段に構える。先ほどより少し慎重に、素早く振り下ろしてきた。弥一郎はまたかわす。

男の表情から余裕が消えてきた。

「ちょこまかと動きおって」

武家屋敷の板塀をわざと背にすれば、男は「追い詰めてやった」と言わんばかりに口角を上げる。

「これでどうだっ」

今度は中段から勢いよく突いてきた。これもかわすと、刃が塀に突き刺さった。

「くそっ」

男は慌てて刀を引き抜こうとするが、手間取っている。

「あせるな！」

男の背後で仲間が声を上げた。

「どうせ、やつは抜けやしない。必死でかわすしか能のない相手なんだ。それに、三対一なんだぞ。広い場所へ引っ張り出せば、囲み込める」

「わかっておる！」

男は塀から刀を引き抜くと、いら立ちに満ちた顔で突進してきた。弥一郎は足元の小石を男の顔目がけて蹴(け)る。

「あっ!?」

暗がりの中、音もなく飛んできた小石に気を取られたようで、男がつまずいた。そのまま弥一郎のほうへ倒れかかってくる。そこへ拳(こぶし)を突き出すと、どすっと男のみぞおちに入った。

「ぐうっ……」

男がうめきながら膝(ひざ)を突く。

「おいっ、何をやっておるのだ！」

仲間が駆け寄り、男を助け起こした。

「大丈夫か。突然転びおって、驚いたぞ」

苦痛に顔をゆがめながら、男は声をしぼり出した。

「うっ、うぅ……」

「何かが顔に飛んできて」

「虫に驚いたというのか。まったく仕方のないやつだ」

「気がついたら、あいつの拳がみぞおちに入っておったのだ」

「ちょうどやつの拳が当たるところへ転んでしまったのだな。相手が弱いからといって、油断し過ぎだぞ」

仲間はもどかしそうに弥一郎を睨みつけた。

「運のいい男よ」

納刀した男に肩を貸すと、仲間は後方へ下がった。

「当たりどころが悪かったようです。こいつはしばらく、まともに動けますまい。足手まといになってはいけませんので、我らはひと足先に帰っております。岡田が刀を抜けぬのは本当のようですので、お一人でも大丈夫ですよね？」

徳之進と思しき男がうなずいた。

「すぐに終わらせてやる。約束通り祝い酒を飲ませてやるゆえ、家で待っておれ」

「はっ」

　二人は足早に去っていった。

　一人残った男が、弥一郎に向き直る。

「おれは先ほどのようにはゆかぬぞ。まぐれ当たりなど、二度とない」

　男は嘲笑(ちょうしょう)を浮かべた。

「しかし、刀を抜けぬ武士というのは哀れなものだな。役立たず同士、時枝のような女とは似合いかもしれぬが」

　弥一郎は眉根(まゆね)を寄せた。

　勝利を確信しているのか、それとも一人になって多少心細いのか、男は饒舌(じょうぜつ)になる。

「時枝は陰気な女だ。話しかけてやっても、愛想よく返事をしたためしがない。妹のほうは、いつも笑顔で男を立てて、とても可愛げがあるのにのう」

　弥一郎が冷めた目で見据えると、男は慌てたようにつけ加えた。

「みなが申しておったのだ。徳之進が嘆いておった、とな。確かに、あんな女が許嫁(いいなずけ)では、徳之進が哀れだった」

　鼻白んだ弥一郎が黙っていると、男は調子に乗って声を大にした。

「徳之進には芙美のほうがふさわしいと、誰もが認めておった。それなのに、時枝がいるから二人は結ばれぬ。周りの意向を汲んで自ら身を引かぬとは、時枝も厚かましい女よ。徳之進に尽くそうともせず、ふんぞり返った態度のまま、小山家の嫁になろうとしておったのだからな」

男はべらべらとしゃべり続ける。

「仕方がないから、時枝は小山家の嫁にふさわしくないと思い知らせてやったのよ。まったく手間のかかる女だった」

弥一郎の鋭い視線に気づくと、男は一瞬だけ口をつぐんだ。

「徳之進が、そう申しておったのだ」

男は言い訳のように続ける。

「時枝が病で子を産めぬ体になってしまったと世間に広めれば、誰がどう見ても、破談はやむなしであろう。さすれば芙美を娶ることができ、万事丸く収まる。時枝には、町人の血も混じっておるしな」

自分の言葉にうなずいて、男は口角を上げた。

「口さがない者たちの中には、時枝に同情して、徳之進を非難する者もおるらしいが、それも一時のことに決まっておる。いずれみな、徳之進の英断に感心するはずだ。御家のためによくやった、とな」

どうだと言わんばかりに胸を張ったところで、弥一郎は呆れ返るばかりだ。

「無駄口はそれくらいでよいか？」

思わず問えば、男の額に青筋が立つ。

「何だとっ」

星明りの下で、男の顔がひどく醜悪に見えた。

弥一郎は小首をかしげる。

弱い犬ほどよく吠(ほ)えると言うが――。

「おまえは犬以下だな」

犬にはまだ可愛げがあるが、目の前の男には愛嬌(あいきょう)のかけらもない。

「畜生にも劣る者に、遠慮は必要あるまい」

「おのれっ」

男の左手が鯉口を切ろうと動いた。

と同時に、弥一郎は前へ出る。腰の刀を素早く鞘(さや)ごと抜いて、柄(つか)を握ろうとする男の腕を鐺(こじり)で打つ。相手の顔の前にさっと柄を出し、そちらへ視線が向いたところに鐺を振り上げ、こめかみを打った。

「うっ――」

男がよろける。すかさず左手で刀を持ち、右の拳を男の顔の真ん中に突き入れた。

「ぐっ――うぅ――」

男が倒れる。苦しげな声を上げて、仰向けになった。

わざと足音を立てて顔のほうに近づくと、男は地面に手を突きながら半身を起こした。信じ難いという表情で、はぁはぁと荒い息をついている。

「な……なぜ……」

男は驚愕の目で弥一郎を見上げた。

「右手を使えぬはずでは……」

男の鼻の穴と口からは、だらだらと血が流れている。ぬるりとした感触に気づいたのか、顔に手を当てた。自分の手を見て血が出ているのを知り、怯えたように「ひっ」と息を呑む。

他に傷がないか確かめるように、男は自分の体のあちこちに手を当てた。すっかり混乱しているようだ。胸や腹をかきむしるように、しきりに両手を動かしている。

体に痛みがないとようやく実感したのか、男は座り込んだまま、唖然とした顔で再び弥一郎を見上げた。

「利き腕が使えぬふりをしておったのか、この卑怯者め」

だが責める声は弱々しい。がくがくと体を震わせている。

弥一郎は殺気を放った。

男の震えが大きくなる。声にならない絶叫を上げるように、頭を振りながら口を大きく開いた。上の前歯が一本なくなっている。それに気づいていない様子で、男はがちがちと歯を鳴らした。

地面に尻をついたまま、男はあとずさる。殺気を放ったまま一歩詰め寄れば、男の目に絶望の色が浮かんだ。

「く、来るな」

男は手足をばたつかせて尻を引きずり、後ろへ下がり続ける。

弥一郎は大股で歩み寄り、男の顔を覗き込んだ。

「よいか、おれたちに二度と関わるな」

念を押そうとさらに一歩近づけば、男は恐怖に駆られた表情で「あぁひぃ」と言葉にならぬ声を上げた。生まれたばかりの子馬のように足を震わせながら立ち上がると、踵を返して逃げていく。

途中で一度転ぶと、弥一郎に追いつかれると思ったのか、いきなり「うわあ」と大声を上げて駆け出した。

何と気概のない――。

武士が背中に刀傷を負えば、戦わずに逃げた証として、末代までの恥となるのに。男は一度も振り返らずに走り去っていった。

弥一郎は刀を腰に差し直す。

気を研ぎ澄まして、辺りの気配を探った。再び静まり返った通りには、誰も近づいていないようだ。脇道から見える大通りも、ひっそりとしている。

男たちが去っていったほうへ少し進んでみると、暗がりに落ちている小さな何かに気づいた。かがんで拾い上げると、それは印籠だった。

星明りにかざすと、凝った装飾が施されているのが見て取れた。わずかに血がついているので、徳之進の物か。

懐紙を取り出して、印籠を包んだ。懐にしまい、閑散とした夜道を進む。

先ほど言い放った自分の言葉が、弥一郎の耳によみがえった。

――おれたちに二度と関わるな――。

思わず、口元が小さくゆるむ。

「おれたち……か」

改めて口に出すと、それは、とてもまばゆい響きに聞こえた。

少々気恥ずかしいような、だが、たまらなく心地よい――。

頭上を仰げば、満天の星が輝いている。

弥一郎は変化朝顔に思いを馳せた。もうじき蒔く二人の種からは、いったいどんな花が咲くだろうか。

きっと七夕の頃には、満開の花が次々に咲きそろう。

時枝の喜ぶ顔を思い浮かべながら、弥一郎は小石川へ向かった。

第四話　決　意

　黄色い花の咲く草黄(くさのおう)が、荒子(あらしこ)たちによって刈り取られている。

　一枝つまんで見つめていた文平が、弥一郎を振り返った。

「葉や茎から黄色い汁が出るので『草黄(くさのおう)』と名づけられましたが、皮膚の病である『瘡(くさ)（丹毒）』を治すので『草王(くさのおう)』と呼ばれるようになったともいわれているのですよね」

　弥一郎はうなずいた。

「虫刺されや腫(は)れ物の薬として使えるが、黄色い汁は毒でもあるゆえ、決して口にしてはならぬ。触れた手で、そのまま物を食ったりするなよ」

　文平は手にした草黄をまじまじと見つめた。

「安易に素人に勧めてもならぬ」

「はい」

　草黄の姿を目に焼きつけるように、文平はじっと見つめ続けている。きっと頭の中で「十字になった四弁の花に、羽のように裂けた葉」などと、くり返し呟(つぶや)いているのだろう。植物日記をつける際に何をどう書こうかと思案しているような顔つきだ。

「このまま写生をしてもよいぞ」

文平が弥一郎を見上げる。

「ですが、このあと干場のほうへ行かねば」

「荒子たちに任せておけばよい」

本当によいのだろうかと躊躇している文平に、弥一郎はうなずいた。

「終わったら、必ず手を洗え」

「はい！　刈り取られたあとの根も観察してまいります」

文平は嬉々として草黄の茂みに駆けていった。

「おう、弥一郎さん」

声をかけられ振り向くと、六郎太が手を振りながら小道を進んできた。荒子たちを引き連れている。

「こっちの採取は終わったぞ」

六郎太は笑いながら、すぐ後ろを歩いていた荒子の背負い籠をぽんと軽く叩いた。

中を覗くと、根のついた鳴子百合の花が入っている。

鳴子百合は、根茎が滋養強壮などの薬となる。花が咲く時期または葉が枯れ始める時期に、根を掘り起こして髭根(ひげね)を取り、洗った物を日干しにするのだ。

「鳴子百合を文平にも見せてやってくれ」

草黄の茂みにいる文平を顎(あご)で指すと、六郎太が視線を向けた。

「おう、励んでおるようだな」

「よく似ている甘野老(あまどころ)との違いを説明してやってくれ」

弥一郎の言葉に、六郎太はまんざらでもなさそうな顔になった。

「よぅし。茎の形や、花のつき方、根の形の違いなどを、とくと教えてやろう」

六郎太は胸を張って、文平に近づいていく。

ふと、左ななめ後ろから視線を感じた。顔を向けると、あとに残った荒子の中に勘助(かんすけ)の姿があった。

如月(きさらぎ)（二月）の終わりに起こった日本橋の火事で、実家の長屋を焼け出された男だ。身内は無事だったが、みな本所(ほんじょ)の親類のもとで厄介になることを余儀なくされていた。

勘助は何か物言いたげに、こちらをじっと見ている。弥一郎は歩み寄った。

「その後、実家の者たちはどうしておる」

声をかけると、勘助は恐縮したように一礼した。

「おかげさまで、両親も姉夫婦も元気に過ごしております。先日、一家で染井のほうへ移りまして」

「ほう、本所の他にも縁者がおるのか」

「わたしの植物の師匠が染井にいたのです」

染井には昔から植木屋が数多く住んでいた。

「わたしの父も植木屋だったのですが、かつては親子で同じ親方のもとにおりました」

大きな庭を持ち、多くの職人を抱えている親方の腹心として働いていた勘助の父親は、独立をせず、親方とともに後進を育て続けたという。

「二人には、わたしも相当厳しく仕込まれました。ですが、そのおかげで、こうして御薬園の仕事をさせていただけることになりました」

「そうか、おまえは婿養子だったな」

「はい。親方のところへは、さまざまな身分の方が出入りなさっていましたので、そのご縁をいただいたのです」

根っからの植物好きだった勘助の義父は、人を介して知り合った親方や、勘助の実父ともよく植物談議をしていたという。

「義父も親方も高齢で亡くなり、父はひどく寂しそうでした。自分も年老いて引退し、ますます体の無理が利かなくなってきたと、母ともども不安そうで」

父親の老いを憂うように、勘助は目を伏せた。

「日本橋北鞘町に住んでいた姉が、両親を心配して、呼び寄せてくれたのです。同じ長屋の部屋がひとつ空いたから、と。姉の子供たちとも毎日会えるようになったと、両親は嬉しそうにしていたのですが……」

火事で焼け出されてしまった。

「本所の親戚もよくしてくれましたが、父はどんどん気力をなくしていきました。安住の地を火災で奪われて、がっくりしてしまったのでしょう」

そこへ声をかけたのが、亡き親方の長男だった。跡を継いで植木屋になった長男は、勘助の父の災難を知り、本所へ足を運んだ。そして「戻ってこい」と言ったのだ。

「もう一度、若い者たちを育ててくれと言われ、父は断りました。もう昔のようには木に登れないし、鋸を引くのもきつい。培った技を若い者たちに見せることはできないのだと——」

だが相手は引き下がらなかった。

――技を見せなきゃ、若え者は育てられねえのか。草木が倒れねえよう添え木してやるみたいに、若え者を見守ってやっちゃくれねえか。上に立つ者として、おれは厳しく叱ったりもしなきゃならねえ。だから、おめえさんは、若え者にそっと寄り添ってやってくれよ――。

「親方の庭の木々の新芽が動いてきたと聞いて、父の心も動いたようです」

勘助の父は染井へ戻った。

「姉の夫は、日本橋の料理屋に勤めていたのですが、火事で店が焼けましたので、姉一家も一緒に移り住みました。今の親方の口利きで、染井の料理屋で働けることになりまして」

勘助の顔に穏やかな笑みが浮かぶ。

「父も、少しずつ元気を取り戻しているようです。先日、様子を見にいきましたら、若い者たちと何やら熱心に話し込んでおりました」

弥一郎はうなずいた。

「若い者たちと接することで、気持ちに張り合いが出たのであろうな。草木に触れることで癒やされ、生き甲斐を取り戻したのやもしれぬ」

「はい」

勘助は目を細めた。

「きっと今頃は、卯の花が咲く中で、若い者たちにさまざまな植物の栽培法などを教えていると思います」

「親方の庭には卯の花が植えられておるのか」

「はい。近隣の者たちが見物にやってくるほど見事な卯の花の群れが、毎年咲き誇るのでございます」

青空の下、枝先につく無数の白い花はまるで夏の雪のよう。汗ばむ陽気の中で、涼しげな花を眺めて涼を取るのが乙だなどと言って、朝から日暮れまで人々が訪れるのだという。

染井の植木屋たちの庭園は花見の名所にもなっており、開放されているところも多かった。

「卯の花の盛りの時季には、毎年長床几を出して、茶や菓子を売り出しております」

「花見酒ならぬ花見茶か」

「さようでございます」

勘助は背筋を正して、弥一郎に向かい合う。

「もしよろしければ、卯の花の見頃が終わらぬうちに、染井へ足をお運びいただけませんでしょうか。ぜひ花見をしながら一服していただきたいと、父が申しております」

勘助は食い入るように弥一郎の目を見た。

「岡田さまには、火事に遭った実家をご心配いただきまして、本当に感謝しております。過分なお心遣いを頂戴し、父たちも直接お礼を申し上げたいと常々気にしておりました。御薬園へ押しかけるのもはばかられ、今日まで何もせずに過ごしてまいりましたが……」

本所に身を寄せた親たちに必要な物があれば助力すると申し出ていたのだが、遠慮したのだろう、いくら待っても何も言わぬので、弥一郎は勝手に見舞いの品を選び、半紙に包んだ幾ばくかの金を無理やり勘助の懐にねじ込んだのだった。

「岡田さまのおかげで、父たちも親類の家で肩身の狭い思いをせずに済みました。両親と、姉夫婦と、子供たち――食べる物だけでも、かなり金がかかったはずです。何日もすべて世話をするとなると、親類のほうにも大きな負担をかけることになりますので、焦げた着物を買い替えたいなどとは申せませんし」

金品がすべてとは言わぬが、やはり弥一郎が用意してくれた金などがあったからこそ、実家の者たちは焼け出されたあとも人並みの暮らしが送れたのだ、と涙ながらに言って勘助は深々と頭を下げる。そのまま膝を突いて、地面に手をつきそうな勢いだ。

「やめろ、大仰な」

勘助は頭を下げたまま首を横に振った。

「何度申しても、足りません。本当に、本当に、ありがとうございました」

何やら、こそばゆい。

「礼などよいと、親たちにも言っておけ。謝意はすでに、おまえから受けておる」

勘助は身を起こすと、潤む目で弥一郎を見上げてきた。

「ですが、岡田さま……」

「おっ、どうした!?」

六郎太の大声が響いた。振り向くと、草黄の茂みから出て駆け寄ってくる。

弥一郎と勘助の顔を交互に見て、六郎太は顔をしかめた。

「何やら深刻そうではないか。勘助、いったい何をしでかして弥一郎さんを怒らせたんだ？」

「いっ、いえ、そのような」

勘助は慌てて手を横に振る。

弥一郎は横目でじろりと六郎太を睨んだ。

「怒ってなどおらぬ」

六郎太は小首をかしげて弥一郎を見つめた。

「怒っているじゃないか」

「おまえの早計に呆れておるのだ」

「おれか!?」

信じ難いという表情で、六郎太は勘助に詰め寄る。

「なぜ、おれなのだ!?」

勘助は苦笑しながら事情を説明した。

「よろしければ、佐々木さまもご一緒にいかがでございますか。広い庭ですので、何人お連れいただいても構わないと、親方も言っておりました。きっと御薬園同心さまにもお気に召していただける庭だ、と親方は自負しております」

六郎太は目を輝かせた。

「よし、染井へ行こう！　親方自慢の庭を眺めながら、花見茶をいただこうではないか」

弥一郎は呆気に取られる。

「おまえ、図々しいぞ」

茶代を払うと言っても、相手は受け取らぬに決まっているではないか。

六郎太は訳知り顔で、弥一郎の肩に手を置いた。

「礼などいらんという、弥一郎さんの気持ちもわかるがな。礼を言わねば気が済まぬという、相手の気持ちもわかってやれよ」

「佐々木さまのおっしゃる通りです！」

六郎太がひるむほど声を張り上げて、勘助はうなずいた。

「恩返しができぬと嘆いている父の気持ちを、どうか汲んでやってください。植物の手入れに精を出している父の姿を見てやっていただきたいのです。父も、岡田さまのおかげで立ち直れた今の姿を見て欲しいと思っております」

勘助は拳を握り固めると、六郎太に向かって一歩詰め寄った。

「本日の仕事が終わりましたら、染井まで走りますので、日取りの相談をしてきてもよろしいですか」

「お、おう。だが、次の非番の日でもよいぞ」

「卯の花の見頃が終わってしまうといけませんので！」

六郎太の言葉をさえぎって、勘助は畳みかける。

「佐々木さまの許嫁さまも、お誘いになられてはいかがでしょうか」

六郎太が目を見開く。

「よいのか⁉」

勘助は大きくうなずいた。

「先ほど申し上げたように、何人でも大丈夫です。武家の女人も連れ立って、親方の庭を楽しんでいらっしゃいますよ」

六郎太が興奮の面持ちで、弥一郎の肩をばんばん叩く。

「ここはひとつ、甘えさせてもらおうではないか。おれは千恵どのを誘うから、弥一郎さんは時枝さんを誘えよ」

「何だと」

眉根を寄せる弥一郎に、六郎太はしたり顔で胸を張った。

「おれと千恵どのは、すでに両家に認められた仲だ。そのつき添いという体で、四人で歩けば大丈夫ではないのか」

何が大丈夫だ――と尋ねるのは言わずもがな。

「しかし……」

躊躇する弥一郎の頭に、泉屋の裏庭に植えられていた空木が浮かぶ。

あの時ついていたつぼみも、もう満開になっただろうか。あの木の近くに、弥一郎がやった桜草を移植したらよいのではないかと助言した時、時枝は嬉しそうに微笑んでいた。

染井に咲く卯の花の群れを見せたら、時枝はどんな表情をするだろうか……。

「岡田さま、どうかぜひ！」

勘助の懇願に押されるようにして、弥一郎はうなずいた。

六郎太が両手を打ち鳴らす。

「よし、決まりだ」

勘助は顔をほころばせた。

「では、鳴子百合の根を洗ってまいります！」

声を弾ませ、張り切って干場のほうへ駆けていこうとする勘助を、弥一郎は呼び止める。

「もう一人、増やしてもよいか？」

「はい、もちろんでございます」

「では頼む。親方と父親に、くれぐれもよろしく伝えてくれ」

「かしこまりました」

背負い籠を揺らしながら勢い込んで駆けていく勘助の後ろ姿を見送って、六郎太は目を細めた。

「弥一郎さん、ずいぶんと慕われておるなあ」

何と返したらよいか困り、弥一郎は口をつぐむ。

「ところで、もう一人増やすとは誰のことだ？」

「翔右衛門だ」

六郎太は納得したようにうなずく。

「姉弟の再会か……当日は、どこまでも晴れ渡る青空になるとよいな」

弥一郎たちを取り巻く御薬園の木々が、六郎太の言葉に同意するように、風にさわさわと葉音を立てた。


卯の花見物の日取りを勘助が伝えてきたのは、その翌朝である。弥一郎と六郎太がそろって非番の日に行けるよう、段取りをつけてくれた。

「今日の仕事が終わったら、千恵どのを誘いにいくぞ！」

六郎太はうきうきとした足取りで薬草畑へ向かいながら、鼻歌を歌っている。

「そっちも誘いにいくんだろう？」

「うむ」

弥一郎の襲撃に失敗して前歯を折った男が、芙美の夫の徳之進で相違なければ、新田家と小山家ではかなり大きな騒動になっているやもしれぬ、と弥一郎は考えていた。

鼻と口から血を流していたので、家人は何事かと慌てるだろう。血はすぐに止まったとしても、失った前歯の件は、いずれ他の御徒(おかち)たちにも気づかれる。転んで顔を打ってしまったという言い訳をすれば、武士たる者が何という失態を、と上役の叱責(しっせき)を受けかねない。転んでいないと正直に言えば、では何者にやられたのだ、と問われるはずだ。

その時、徳之進はどう答えるのか。一緒にいた二人とも口裏を合わせねばならぬ。その返答次第によっては、今後の進退にも関わるのだ。

きっと芙美は「大事になった」と慌て、実家の母親のもとへ走るだろう。芙美と雅美の話を、翔右衛門が耳にしていれば、徳之進の怪我に弥一郎が絡んでいるやもしれぬと察するのではないか。

少々頼りないところもあった翔右衛門だが、あれは馬鹿ではない。

事の真偽をつかむため、弥一郎に確かめようと、浮き島を訪れているはずだ。

仕事が終わると、弥一郎はまず茅町二丁目へ向かった。

浮き島の戸を引き開けると、店の奥から勇吾が駆け寄ってきた。

「このところ毎日、新田さまがいらしていました。岡田さまがお見えにならないか、店の暖簾を下ろすまでずっと待っていらっしゃいまして」

やはりな——と弥一郎は胸の内で呟く。

「何だかご様子がおかしかったもので、出過ぎた真似とは思いましたが『どうかなさったんで？』と伺ってみたんです。そうしたら」

弥一郎がどうしているのか知らないか、逆に尋ねてきたという。

——岡田どのが怪我をされたとか、寝込んでしまわれたとか、佐々木どのから何か聞いてはおらぬか——。

「やけに心配そうな顔つきだったので、おれも不安になりまして」

しかし勇吾が何も知らぬとわかると、翔右衛門はそれっきり口をつぐんでしまった。勇吾の立場では、何があったのか問い詰めることもできない。事情がわからないゆえに、勇吾はただ悶々と案じるしかなかった。

「ですが、お変わりはなさそうで……」

弥一郎の姿を眺め回して元気そうだと判じたのか、勇吾は安堵の表情でほっと息をつく。

「おれは大丈夫だ。心配をかけてすまなかったな」

「いえ」

勇吾は笑みを浮かべながら、小上がりを手で指し示した。

「本日も、またお出でになるとおっしゃっていましたので、どうぞあちらでお待ちください」

弥一郎は首を横に振る。

「他に用事があるのだ。すぐに戻るゆえ、翔右衛門が来たら、そのまま待っているよう伝えてくれ」

「かしこまりました」

すぐに浮き島を出て、急ぎ足で泉屋へ向かう。

店先に立つと、官九郎が奥から飛び出してきた。

「岡田さま、さあ中へどうぞ」

「いや、ここでよい」

不服そうな顔をする官九郎に、弥一郎は苦笑した。

「このあと行かねばならぬ場所があるのだ。すまぬが、時枝どのを呼んでくれぬか」

官九郎が手代に目配(めくば)せを送る。手代は心得顔で、奥へ引っ込んでいった。

間もなく時枝が出てくる。

「三日後は空いておるか。実は、御薬園の荒子(あらしこ)の親が染井におるのだが——」

経緯(いきさつ)を説明して、卯の花見物に誘う。

翔右衛門も誘うつもりだと告げた時には、時枝の顔に一瞬、戸惑いの色が浮かんだが、すぐ喜びを噛(か)みしめるように口角が上がっていた。今、弥一郎を見上げている目にも、嫌悪や拒絶は浮かんでいないように見える。

時枝が口を開いた。感慨無量の面持ちで、すぐに言葉が出てこない。

「喜んでご一緒させていただきますとも！」

時枝が声を出すのを待ちきれぬと言わんばかりに、官九郎が叫んだ。小躍りせんばかりの喜色を浮かべている。

先日、弥一郎が教えた翔右衛門の心情を時枝から聞き、おろくともども姉弟の再会を望んでいたのだという。

「当日は、時枝をどこまで連れていけばよろしいですか。花見弁当などをご用意いたしましょうか」

「いや、それにはおよばぬ。五つ半（午前九時頃）に、おれが迎えにくる」

官九郎は満面の笑みを浮かべる。

「ありがとうございます！」

官九郎とおろくがそろって頭を下げた。

「いつでも出かけられるよう、支度をさせておきますので」

弥一郎は時枝に向き直る。

「それでよいか」

「はい」

今度は即答した。

「三日後を心待ちにしております」

時枝の頬が紅潮している。今日も髪に挿している赤い珊瑚（さんご）の簪（かんざし）が、まるで時枝の興奮をよりいっそう高めているように見えた。

白い卯（う）の花に囲まれた時枝は、いったいどんな表情を見せるだろうか……。

その姿を思い浮かべながら、弥一郎は微笑んだ。

「おれも楽しみにしておる」

笑みを返してくる時枝に心残りを抱きながら、弥一郎は泉屋をあとにした。

再び浮き島を訪れると、翔右衛門が小上がりで待っていた。茶も飲まずに居住まいを正している。

店の奥から顔を出した勇吾に酒と肴（さかな）を注文すると、弥一郎は翔右衛門の向かいに腰を下ろした。

「お元気そうで何よりです」

ほうっと大きな息をついた翔右衛門に、弥一郎はうなずいた。

「この通りだ。おれのほうは変わりないが……」

そっちはどうだ、という意を込めてじっと見やれば、言外にある問いをしっかり感じ取ったようだ。翔右衛門は厳しい表情になった。

「やはり義兄（あに）と一悶着（ひともんちゃく）あったのですか」

「さて」

弥一郎は懐から小さな木箱を取り出した。血のついた印籠（いんろう）に懐紙が貼りついて取れなくなってはいかんと思い、帰宅後すぐに懐紙と離して乾かし、箱に入れておいたのだ。

「これに見覚えがあるか？」

蓋を開けて差し出すと、翔右衛門は箱の中を覗き込んで眉をひそめた。

「これは……」

血のついた印籠を見つめる翔右衛門の表情は硬い。即答してよいものか考え込んでいるように、時折ちらりと視線が泳いでいる。

「おそらく義兄の物だと思われますが……」

断言する自信がない様子だ。三人の御徒に襲われた状況を話すと、しばし絶句して印籠を見つめ続けた。

その間に、勇吾が酒と肴を運んでくる。

「本日は活きのいい鱚が入りましたんで、塩焼きにいたしました」

どうぞごゆっくり、と言い置いて勇吾は調理場へ戻っていく。

大ぶりの鱚が載っている皿を見下ろしながら、弥一郎は手酌して酒を飲んだ。

先に魚を食べていようかと箸に手を伸ばしかけた瞬間、翔右衛門が顔を上げる。

弥一郎は手を動かさずに、翔右衛門が口を開くのを待った。

「芙美が嫁いだ時、うちの組のお頭が、父と義兄に印籠をお贈りくださったのです」

新田家と小山家が属する組を束ねる坂上助四郎という男は、大の印籠好きなのだ

という。あちこちの店を回っては、新作が出ていないか見て回る。印籠に施された
さまざまな柄を眺めては、うっとりと目を細めるのが常だった。
――見れば買い求めたくなるが、見ずにはおられぬのだ――。
高価な印籠を買う余裕はない。安物とて、いくつも集めるとなればけっこうな金
がかかる。
「だから店先で品を選び、買ったつもりになるだけなのだ、とお頭はおっしゃって
いました」
もし買うのであれば、これ――と夢想するのは楽しい。けれど本当に買うのであ
れば、もっと楽しいに決まっている。
「たまに、どうしても買いたくなる衝動が湧き上がってくるそうです」
そこで坂上は、妻に叱られず、堂々と印籠を買う手立てを考えた。配下の祝いの
品として、印籠を買い求めるのである。
上役としてよいところを見せねばならぬと強く言えば、坂上の妻は渋い顔をしな
がらも反対しなかったという。
「ただし円満な引退や婚姻など、大きな祝い事に限るという約束になっているよう
です。自分が好きで選んでいるのだから遠慮するなとお頭に言われ、みなありがた

く受け取っております」

人生の大きな慶事に贈ってくれる品を、無下に断る者などおるまい。

ふと弥一郎の頭に、時枝が作ってくれた手甲が浮かんだ。と同時に、芙美が御薬園へ持ってきた羊羹を思い出す。

やはり贈ってきた相手によって、物のありがたみも変わってくるか。

坂上から贈られた印籠をみなが心底から喜んでいるのであれば、坂上はよい上役だと判じてよいやもしれぬ——と弥一郎が考えていると、翔右衛門の大きなため息が聞こえてきた。

見ると、微笑とも苦笑ともつかぬ表情を浮かべている。

「芙美の嫁入りに関しては、自分の組の中での縁組みということで、お頭はたいそう喜んでくださいました。父と義兄に、まるで親子の証となるような品を用意してくださったのです」

色違いの鯉が描かれた印籠だという。

「両方とも、滝に向かって鯉が飛び上がっている意匠なのです」

「鯉の滝登りだな」

多くの魚の中から、わずかな鯉だけが滝を登り、龍になれたという中国の故事から生まれた言葉である。ゆえに立身出世を願う縁起柄として使われることが多い。

翔右衛門がうなずいた。

「父と義兄に贈られたふたつの印籠には、実はもうひとつ、続きの絵柄があるそうです」

滝の上にいる龍が描かれた印籠だという。

「龍の印籠は、お頭が持っているのだとか」

「なるほど、自分と配下の間柄を表している絵だとも思っておるのだな」

「はい。お頭は、配下の全員に鯉の印籠を贈っているわけではありませんので、父も義兄も大喜びしておりました」

坂上は明言していた。

――鯉に特別な意味はない。毎回そろいの絵柄を売っているとは限らぬのでな。他の縁起柄を贈った者も、わしは大事に思うておるぞ――。

「ですが、そうは言っても、お頭はやはり鯉の印籠を贈った者に目をかけている、と仲間内ではささやかれております」

翔右衛門は箱の中の印籠に目を戻した。

「義兄の印籠をじっくり見たことはなかったのですが、赤い鯉が描かれていたはずです」

弥一郎が拾った印籠にも鯉が描かれているが、血のついたところがちょうど鯉の体の真上だったので、色が見えにくくなっている。

「もともとが鮮明な色づけではないからな」

「ええ」

翔右衛門は印籠を凝視し続けていたが、やがて自信なげに首をかしげた。

「父の印籠と見比べれば、対になっている品かはっきりわかるのですが、おぼろげな記憶で断言することはできませんので」

翔右衛門はまっすぐに弥一郎を見た。

「わたしが岡田どのを案じていたのは、義兄が寝込んでしまったからです」

表向きは、風邪を引いて熱を出したことになっているという。

「ですが、芙美がうちへ来て、母に泣きついているところを見かけました」

近藤の稽古(けいこ)から帰ったばかりで、二人のやり取りのすべてを聞いたわけではないが、何やら物騒な話が翔右衛門の耳に飛び込んできた。

——どうしましょう。このままでは、しばらくお勤めを休まねばなりませぬ——。

涙声の芙美を、雅美は叱咤(しった)した。

――とにかく落ち着きなさい。熱で朦朧（もうろう）としている間に厠（かわや）へ行こうとして、転んで顔を打ったことにでもすればよいのです。それより、二人への口止めはどうなっておるのか――。

――貸した金を返さずともよいという話になっているはずですが――。

――たいした額ではないのであろう。裏切る恐れはないのか――。

そこへ下男が現れて、帰宅した翔右衛門に挨拶（あいさつ）をした。

芙美と雅美はぴたりと話をやめ、たった今稽古から帰ったのだというふりをした翔右衛門に、何食わぬ顔でねぎらいの言葉をかけたのである。

「立ち聞いた話から、義兄（あに）は怪我を負ったのだと思いました。誰かとやり合い、それを必死に隠そうとしているのだと……」

翔右衛門は申し訳なさそうに頭を下げた。

「岡田どのを襲ったのは、間違いなく小山徳之進でしょう。この印籠（いんろう）が義兄の物か確かめてきますので、しばしお待ちください」

弥一郎はじっと翔右衛門の顔を見据えた。

「できるのか？」

御徒三人で一人を取り囲み、逆に怪我を負わされたとなると、徳之進もただでは済むまい。首謀者と発覚すれば、なおさらだ。

弥一郎を襲った理由が時枝絡みの私怨となれば、新田家当主である仁右衛門とて上役からの叱責をまぬがれることはできぬだろう。事情を調べられれば調べられるほど、家内の恥を晒すことになる。

そうなれば、家内さえ上手く整えられぬ者に組頭など到底務まらぬという判断を下され、昇進の話もなくなる恐れが強い。新田家と小山家は、御徒衆の間でも評判を大きく落とす事態となる。

新田家の跡取りである翔右衛門も、無傷というわけにはゆかぬ。人づきあいや出世など、どうしても何らかの不都合が生じてしまうのだ。

弥一郎の拾った印籠が徳之進の物であると確かめることはすなわち、翔右衛門が自らを窮地に追い込む所業に繋がる。襲撃者が誰か判断する証とされてしまうのだから。

「本当に、やるのか」

「やります」

即答して、翔右衛門は居住まいを正した。

「新しい新田家を築き上げるためには、膿を出さねばなりませぬ」

　まっすぐに見つめてくる目は凛と輝いて、翔右衛門の本気がじゅうぶん見て取れた。

「では頼む」

「はい」

　翔右衛門はかしこまって一礼すると、木箱の蓋を閉めて弥一郎に差し出した。

「血のついた印籠は、このまま岡田どのが持っていてください。義兄の物に間違いなければ、きっと今頃は必死になって捜し回っていることでしょう。もし万が一、わたしが持っていると知られれば、力ずくで取り上げられてしまいます」

「わかった」

　箱を受け取り、懐の奥にしまう。

「ところで別件なのだが、三日後の日中は空いておるか。卯の花見物に誘いたいのだが」

　翔右衛門は、きょとんと瞬きをくり返した。

「卯の花見物でございますか」

「うむ」

　御薬園の荒子の親が染井におるのだが――と、時枝にも告げた経緯を説明する。

「六郎太と、その許嫁(いいなずけ)の千恵どのも、一緒に行くことになったのだ。勘助が、何人でも大丈夫だと申すのでな」

「わかりました！」

翔右衛門が勢いよく身を乗り出してくる。

「佐々木どのが千恵どのと並んで歩けば、岡田どのの話し相手がいなくなってしまいますからね！」

「む……？」

眉根(まゆね)を寄せる弥一郎に、翔右衛門はにっこりと笑う。

「当日は、わたしが岡田どののお相手をいたしますので、どうぞご安心ください」

「いや、そうでは」

「仲睦(なかむつ)まじい二人の間に割って入る真似もできませんしね」

翔右衛門はしたり顔で、弥一郎をさえぎった。

「我々は少し離れて歩きましょうか。卯の花の庭も、なるべく別で回りましょう。岡田どののお力になれることは、何でもいたしますので」

何やら盛大な勘違いをしたまま、翔右衛門は張り切っている。新田家がかけた迷惑を気にし、少しでも挽回(ばんかい)しようと力んでいるのだろうか。

弥一郎は苦笑した。

時枝の名は出さずとも、まあよいか。当日、翔右衛門がどんな顔をするか見ものだな、と思いながら酒を飲む。

「では印籠の件は、卯の花見物の前日にはお報せできるようにいたします」

翔右衛門が酒をあおった。

「事の真偽を明確にして、すっきりした心持ちで卯の花を眺めましょう」

翔右衛門の杯を酒で満たして、そのまま手酌する。

ふと耳の奥に、六郎太の声がよみがえった。

――当日は、どこまでも晴れ渡る青空になるとよいな――。

そっと小さくうなずいて、弥一郎は酒を飲み干した。


二日後の夜、浮き島で待ち合わせた弥一郎と翔右衛門は再び小上がりで向かい合った。

「やはり岡田どのが拾った印籠は、義兄の物に間違いありません」

先日、浮き島から帰ると、仁右衛門は焼いた目刺しをつまみながら酒を飲んでいたという。そろそろ寝支度にかかるつもりなのだと言いながら、ちびちび飲み続けている様子を窺うと、機嫌は悪くなさそうだった。

「そこで、率直に尋ねてみたのです」

——父上、お頭からいただいた印籠には鯉の絵が描かれていましたよね——。

仁右衛門はうなずいて、急にどうしたのだ、と問うてきた。

翔右衛門は用意していた答えを述べた。

——わたしも、いつか同じ絵柄の印籠をいただきたいのです。お頭に認めていただきたいのです——。

仁右衛門は腑に落ちた表情になった。

——この頃、おまえはよく励んでおるようだからのう。近藤さまの厳しい稽古にも、しっかり食らいついておると聞いている。わしも周りから褒められてな——。

珍しく相好を崩した仁右衛門に、翔右衛門はねだった。

——父上の印籠を見せていただけませぬか。今後の励みにしたいのです——。

——うむ、よかろう——。

仁右衛門は即答すると、翔右衛門の前に印籠を持ってきた。

滝に向かって、青い鯉が飛び上がっている。

絵柄のすべてを目に焼きつけようと、翔右衛門は印籠を凝視した。

仁右衛門の目には、立身出世を夢見て食い入るように印籠を見つめていると映ったらしい。

——徳之進がいただいた印籠(いんろう)は、まったく同じ絵柄で、鯉が赤いのだ。おまえも、きっといつか、そろいの印籠をいただけるであろう——。

仁右衛門は上機嫌で印籠を手にし、寝室へ引き上げていった。

「わたしは急いで自室に戻り、忘れぬうちに印籠の絵柄を描き残しました。記憶違いの部分もあるかと思いますが……」

翔右衛門は懐から折り畳んだ紙を取り出して広げた。

弥一郎は懐から小さな木箱を取り出して蓋を開ける。

紙と印籠を並べて見ると、やはり同じ絵柄だった。

「間違いないな」

「はい」

手にした物を懐にしまい、改めて向かい合う。

「昨日の夕方、芙美がまた家に来ました。菜の裾分(すそわ)けを届けにきたと申しておりましたが、深刻な顔つきで母と話し込んでおりましたので、義兄(あに)の件で相談にきたのだと思いました」

二人の前に歩み出ると、やはり、ぴたりと話をやめた。

翔右衛門は何も気づいていないような顔をして、芙美に明るく話しかけた。

――昨夜(ゆうべ)、父上の印籠を見せてもらったよ――。

「印籠」という言葉に、芙美は明らかに動揺しながらも、気丈な笑みを浮かべた。

――まあ、そうなの。翔右衛門もいつか印籠をいただけるよう、しっかり励みなさいね――。

翔右衛門は大きくうなずいた。

――義兄上の印籠は、父上とおそろいの、色違いだと聞いた。うらやましいなあ。わたしも早く、お頭から印籠をいただけるようになりたいよ――。

うなずいて、婚家へ帰ろうとする芙美を、翔右衛門は呼び止めた。

――今度、義兄上の印籠も見せていただきたいな。姉上からも頼んでおいて欲しい――。

芙美の笑みが引きつった。

――徳之進さまは印籠をとても大事にしておられるから、見せていただけるかどうか――。

――では、わたしがじかに頼むよ。小山家に通い詰めて、頭を下げるから――。

芙美は慌てたように首を横に振った。

──徳之進さまは今、お加減が優れず……家に来られても、きっと話はできませぬよ──。

──そういえば、お勤めを休んでおられたな。風邪を引いて熱を出したと聞いたが、そんなに悪かったのか。であれば、やはり一度見舞いにいかねば。同輩たちに容態を尋ねられ、何も知らぬでは、身内として恥ずかしい。仲が悪いのかと勘ぐられてしまう──。

芙美は激しく頭を振った。

──もう治ってきたのです。明日からは、また出仕できるでしょう。ですから見舞いなど不要です──。

翔右衛門は大げさに安堵してみせた。

──ああ、よかった。では明日またお会いできるはずだな。元気になられた義兄上の姿を楽しみにしていよう──。

ぎこちなく同意して、芙美は逃げるように帰っていった。

「これ以上休んでは、まずいと思ったのでしょう。芙美の言葉通り、義兄は本日出仕いたしました」

体調を気遣うふりをして翔右衛門が声をかけると、徳之進は弱々しい笑みを浮かべて応じた。

――すっかり心配をかけてしまったようだな。だが、この通り、もう治った――。

しゃべる時は口元に手を添えて、前歯を隠していたという。

翔右衛門は詰め寄って、徳之進の顔を覗き込んだ。

――口をどうされました。やはり、まだ具合が悪いのですか。喉が痛みますか。咳は出ていないようですが――。

矢継ぎ早に尋ねると、徳之進は突然ごほごほと咳をし出した。

「あれは、わざとでしたね」

翔右衛門に咳をかけてはいかんという表情をして、徳之進は顔をそむけた。その頬には、大きなすり傷と痣ができていたというから、弥一郎に殴られた時、頬から地面に倒れ込んだのだろう。

「義兄の咳を聞きつけたのか、我々の前にお頭がやってきました」

坂上は徳之進の顔を覗き込んだ。

――大事ないか。あまり無理をするでないぞ――。

「義兄は口に手を当てながら、はっきり『大丈夫です』と答えました。『もう剣の稽古もできます』と」

だが口から手を離さない徳之進を、坂上は怪しんだ。

——いったいどうしたのだ、口が……いや、喉が痛むのか。むむっ、頬もひどいありさまではないか——。

徳之進は頭を振った。もう前歯の件もごまかせぬと観念したように、口から手を離して「実は……」と切り出した。雅美が提案していた言い訳を述べたのである。

——熱が出て、朦朧としている間に厠へ参りましたら、寝室へ戻る途中で転んでしまいまして。顔を打ち、前歯を折ってしまったのです。いや、まったくお恥ずかしい——。

前歯が一本なくなっている徳之進の顔を見て、坂上は唖然としていたという。

呆れられたとあせったのか、徳之進はべらべらしゃべり出した。

——いくら熱で朦朧としていたとはいえ、このような事態に陥りましたのは不徳のいたすところ。もっと鍛練を積まねばなりませぬ。お頭にいただいた印籠に恥じぬよう、滝を登る鯉のごとく懸命に励む所存です——。

印籠の話が出た好機に、翔右衛門はすかさず口を開いた。

——つい先日、父に印籠を見せてもらいました。おまえもいつか印籠をいただけるよう努めよ、と励まされまして——。

坂上が嬉しそうに「ほう」と声を上げた。

——仁右衛門は、わしがやった印籠を大事にしてくれておるのか——。

もちろんでございます、と翔右衛門は即答した。

——お頭の印籠に描かれている立派な龍と、父の印籠の青い鯉は、続きの絵柄になっていると伺いました——。

坂上は鷹揚にうなずいた。

——徳之進にやった印籠には、赤い鯉が描かれておったな——。

うなずく徳之進の表情は強張っていた。青ざめて、ふらりと倒れそうに見えたという。

真綿で首を絞めるように、翔右衛門は懇願した。

——続きの絵柄がみっつ並んでいるところを、ぜひ見せていただけませんか。わたしもいつか、お頭から印籠をいただける日を夢見ておるのです。みっつ並んだ印籠を見たら、ますます励める気がいたします——。

まんざらでもない顔つきで、坂上は微笑んだ。

——よかろう。近いうちに四人で飲もうではないか。翔右衛門に祝い事があった時には、必ずそろいの印籠を贈ってやるからな。父が青、義兄（あに）が赤となれば、今度は何色がよいであろうか。金色に輝く鯉など探しておいてやろうかのう――。

翔右衛門が大げさにはしゃいで礼を述べると、坂上は機嫌よく笑みを深めた。

そして去り際に、徳之進の顔を覗き込んだ。

――前歯のない武士は、やはりみっともない。金はかかるが、入れ歯を作ったほうがよいのではないか――。

室町（むろまち）時代の末期には、すでに木の入れ歯が作られていた。江戸時代には入れ歯師も生まれており、もとは仏師や根付師など木彫りに携わる職人たちが多かったという。

――激しい武芸稽古で前歯を折った者が、昔おったような。近藤どのであれば、よく覚えておるやもしれぬ。よい入れ歯師を知らぬか、尋ねてみよ――。

「お頭の言葉に、義兄は黙って頭を下げるしかありませんでした。非常に痛ましい顔をしておりましたよ」

なくした前歯も印籠（いんろう）も必死で捜したのだろうが、どこからも出てこないので、進退窮まった心境なのだろう。

だが事情を知らぬ坂上は、徳之進が転んだ大失態にひどく落ち込んでいると思ったらしい。徳之進の肩を叩いて、優しい声を出した。

――熱に浮かされておったのだから、仕方がないではないか。わしが美味い物を食わせてやるから、元気を出せ――。

徳之進は青ざめた顔で小さく頭を振った。

――実は、まだ本調子ではないのです。熱が下がったので、ご心配いただいたみなさまに礼を申したいと思い、本日は何とか出てまいりましたが。酒が飲めるような体にはまだ戻っておりませぬ。万全の状態になりましたら、ぜひまたお誘いいただきたく――。

坂上は改めて、徳之進の顔をじっくりと眺め回した。頬や口元を見て、痛ましげに眉尻を下げた。

――風邪も馬鹿にできぬからな。ぶり返しては困る。よし、四人で酒を飲むのは、徳之進が癒えてからにしよう。その頃には、顔の傷も目立たなくなっておるであろうしな――。

徳之進は深々と一礼して、手で顔を隠すようにしながら去っていったという。

「どうしますか？」

翔右衛門が身を乗り出してきた。

「この印籠を義兄に突きつけ、岡田どのを襲ったと白状させますか。何なら、近藤さまに立ち会っていただいても」

「さすれば御家も荒れるぞ」

翔右衛門はつらそうに目を伏せた。

「それは……仕方ありませぬ」

ぐっと引き結ばれた唇が震えている。

弥一郎は小さく息をついた。

新田家を変えたい気持ちに嘘はないのだろうが、やはり実の親たちのことを思うと苦しいのだろう。弥一郎の前で顔に出してしまうのは、若さゆえか。

「今はまだ様子を見ておこう。これに懲りておとなしくなってくれれば、それでよいのだ」

「岡田どの……」

翔右衛門の表情がわずかにゆるんだ。

「今後、何があっても動じるな」

弥一郎は静かに告げた。

「たとえ動じたとしても、顔に出してはならぬ。敵と対峙（たいじ）した際に、心の隙を突か御徒が戦うのは、将軍暗殺など大それた謀反をたくらむ輩だ。場を混乱させるため、人の弱さを突いてくるのはお手の物。動揺を悟られれば、大蛇のように毒牙を
むいてくる。

「承知いたしました」

深刻な表情で居住まいを正す翔右衛門に、弥一郎は微笑んだ。

「そうかしこまるな。明日は卯の花を眺め、気晴らしをしろ」

「はい」

浮き島で夕食を取り、その日は別れた。

翌日の五つ半に泉屋へ行くと、すでに時枝の身支度は整っていた。

「本日は、よいお天気で何よりですなあ」

官九郎の朗らかな声に、おろくがうなずいた。

「卯の花日和ですねえ」

二人とも、にこにこしている。

「では、参るぞ」

「はい！」

時枝に向けて言ったのに、官九郎とおろくが声をそろえた。

「どうぞよろしくお願いいたします」

笑顔の二人にうなずいて、弥一郎は歩き出した。

時枝の足取りを気にしながら、ゆっくりと染井を目指す。

「六郎太と千恵どのは、道の途中にある駒込の茶屋で待っておる」

時枝の顔に緊張が走った。

「わたくし、お祖父（じい）さまとお祖母（ばあ）さま以外の誰かと待ち合わせをするなんて、生まれて初めてです。千恵さんは、どのような方なのでしょうか。もし何か粗相をしてしまったらと思うと、とても心配になってしまい……」

「おれも会うのは初めてだが、六郎太の選んだ女人（にょにん）なのだから、きっと大丈夫であろう。あまり気負う必要はないぞ」

「はい」

と言いながら、時枝は不安そうだ。

「翔右衛門どのとは染井の庭で待ち合わせをしておる」

弟の名を出すと、時枝の表情がやわらいだ。

「あの子と会うのは久しぶりです。昨年末に実家を出て以来ですので」

弥一郎はうなずいた。

晴れ渡った青空の下を、一歩ずつ踏みしめるように進んでいく。

弥一郎の足であれば、さほど時のかからぬ道のりだが、時枝の歩みに合わせてのんびり歩くのも悪くないと思った。

「大丈夫か」

途中で声をかけるたびに、時枝は満面の笑みでうなずく。どうやら歩いているうちに、緊張で強張（こわば）っていた体がほぐれてきたようだ。道端に生えている草などに時折目を向けている。

やがて駒込に入った。

あらかじめ決めておいた茶屋に着くと、店の外に出されていた長床几（しょうぎ）に座って六郎太と千恵が茶を飲んでいた。

「おう、弥一郎さん。待っておったぞ」

茶をふたつ注文して、弥一郎と時枝も腰を下ろす。

入れ替わるように、六郎太が立ち上がった。何やら気恥ずかしそうに、もじもじと手の指を動かしている。

「これが、おれの許嫁の千恵どのだ。弥一郎さんも知っての通り、養生所の本道医を務める堀井さんのご内儀の従妹でな」

紹介を受けた女人が一礼する。

「千恵でございます。どうぞよろしくお願いいたします」

弥一郎は鷹揚にうなずいた。

「六郎太の同輩の、岡田弥一郎と申す」

千恵は愛想のよい笑みを浮かべた。気さくそうな女人である。

「岡田さまのお話は、いつも六郎太さまから伺っております」

いったい何を聞いているのかと一瞬思ったが、今は問わずにおく。

千恵は笑みを深めると、時枝のほうへ顔を向けた。

「こちらは上野の古道具屋、泉屋の孫娘の時枝どのだ」

弥一郎の言葉を受けて、時枝が頭を下げる。

「時枝でございます。よろしくお願いいたします」

少々硬い表情ながらも、立派に笑みを返していた。

運ばれてきた茶を飲んで、いよいよ染井の庭へ向かう。弥一郎と六郎太が先導し、女二人は並んで後ろを歩いた。

「まあ、時枝さんは縫い取りがお好きなのですね。ぜひ今度わたしに教えてくださ
い」

「そんな、教えるほどの腕前ではありません」

「六郎太さまに、手甲(てっこう)を作って欲しいと言われたのですが、わたしは裁縫に自信がなくて。ひどく不器用なのです」

「大丈夫ですよ。すぐに作れるようになります」

女二人の楽しげな声が背後で上がっている。まるで鳥のさえずりのようだ。

一服して心身が安らいだのか、時枝の声ものびのびと響いていた。千恵の人柄のおかげもあり、すっかり打ち解けている。

ちらりと振り返り、弥一郎は目を細めた。

年の近い女同士で話している時枝の顔は上気して、とても嬉(うれ)しそうだ。このままよい友人同士になれたら幸いだ、と弥一郎は思った。

六郎太が前方を指差す。

「あれだ。翔右衛門さんが、もう待っているぞ」

垣根の前に、一人の男が立っていた。こちらに向かって、大きく手を振っている。

四人で歩み寄ると、翔右衛門が手をぴたりと止めた。

「と……時枝姉上……なぜ……」

目を見開いて、手を上げたまま固まる。

時枝は小首をかしげて、翔右衛門と弥一郎を交互に見た。

「わたくしが来ることを知らなかったのですか？」

弥一郎は鼻先で笑った。

「動じぬための稽古をつけてやったのだ」

恨めしげな目を向けてくる翔右衛門に、弥一郎はにべもなく告げた。

「おまえは顔に出し過ぎるのだ」

翔右衛門は手を下ろして、ぐっと顔をしかめる。

「ですが、少しくらい教えてくれても」

「それでは稽古にならぬであろう」

翔右衛門は反論できずに、うめき声を上げる。

「これはこれは、ようこそいらっしゃいました」

垣根の向こうに、印半纏をまとった二人の男が現れた。一人はがっしりとした体つきの中年、もう一人は小柄な老爺である。

中年男が一同の前に立った。

「植木屋の、森屋登美次(もりやとみじ)でございます」

その横に老爺が並び立つ。

「勘助の父、権助(ごんすけ)でございます。いつも倅(せがれ)がお世話になっております」

深々と頭を下げてから、権助が弥一郎を見上げた。

「岡田さまでいらっしゃいますか」

弥一郎がうなずくと、両手を合わせて再び頭を下げる。

「岡田さまには何とお礼を申し上げてよいか」

「拝むな。おれは仏像ではないぞ」

権助は目頭を押さえる。

「本当に、倅が申しておった通りのお人柄で……」

弥一郎は眉根(まゆね)を寄せた。

「勘助は、いったい何を申しておるのだ」

「それではみなさま、庭のほうへご案内いたします」

耳が遠くなっているのか、聞こえないふりをしているのか、権助が一同を小道へ促した。

小道は木々の植えられた敷地の奥へと延びており、両脇には紅紫(こうし)の芍薬(しゃくやく)が咲き乱れている。擬宝珠の大株も立派な葉を広げていた。

「まあ、何て綺麗な」

時枝が目を輝かせて芍薬を見つめた。濃い紅紫は、弥一郎がやった桜草の色と似ている。時枝の好きな色だ。

権助が振り返って、にっこり笑った。

「庭の奥は、こんなもんじゃございませんよ」

登美次が同意する。

「存分に楽しんでいっておくんなさいまし」

小道を辿ると、さまざまな植物たちが待ち構えていた。

鮮やかな緋色や白の躑躅、池のほとりに咲く紫の杜若――盛りを過ぎた藤棚の緑すら美しい。

時枝も千恵もうっとりした表情で、あちこちを眺め回している。

権助が嬉しそうに笑った。

「庭は逃げませんので、どうぞ立ち止まって、ゆっくり眺めてくださいまし。転ばないよう、足元にお気をつけてくださいよ」

女二人はうなずくが、ろくに耳に入っていない様子だ。花から花へ、歩きながら目を移している。

六郎太がはらはらした表情で、千恵の足元を見つめた。

「木の根が出ているところがあるぞ。つまずかぬよう、気をつけ――あっ」

人の心配をして、自分がつまずいている。

転びかけた六郎太の腕をつかんで、弥一郎はため息をついた。

「何をやっておるのだ、おまえは」

六郎太は後ろ頭をかく。

「いやぁ助かった、危うく顔から転んでしまうところだった。前歯でも折ったら大変だ」

翔右衛門が複雑そうな表情で苦笑する。

「あれが卯の花でございます」

権助が左へ曲がっていく小道を指差した。

優に六尺（約二メートル）はあろうかという木が小道の両側に植えられている。

どの枝にも満開の白い花が無数についていた。左右から伸びる枝が重なり合い、まるで小道の上に屋根をかけているようだ。

女二人が歓声を上げる。

「仙界への入口のようですわ！」

「あの向こうにも白い花が見えます」

駆け出したくなる衝動を抑えるように、時枝と千恵は手を取り合った。

いたいけな子供を見守るように目を細めて、権助が先導する。そのあとに千恵が続いた。時枝と手を繋いだまま歩いていく。時枝も千恵にしっかりと寄り添って、ついていった。

女たちのあとに続いて小道の先へ進む。左右から伸びる枝の下をくぐる時は、思わず弥一郎も感嘆の息をついた。真っ白い花々にすっぽりと包み込まれたような心地になった。

卯の花の下を抜けると、少し開けた場所に出た。周囲はぐるりと円を描くように植えられた卯の花に囲まれている。先ほどの入口と違い、きちんと整えられた垣根になっていた。

いくつかの長床几が、卯の花に向かい合うように置かれている。

「ここで一服なさってください」

弥一郎たちが入ってきた入口の反対側にも、六尺ほどの卯の花が二本植えられており、その向こうへさらに小道が延びていた。

そちらから、印半纏をまとった若い男が二人歩いてくる。大きな盆に、茶と菓子を載せていた。

「どうぞお召し上がりください」

長床几の上に、湯呑茶碗と菓子が置かれた。

「卯の花きんとんでございます」

きんとんは、丸く形を整えた餡玉の周りに、そぼろ状の餡をつけた菓子である。目の前にあるきんとんは、緑色の餡玉に白いそぼろ餡がぎっしりとついていた。

「まあ、可愛らしい」

千恵が弾んだ声を上げ、権助に促されるまま長床几に腰を下ろした。

「わしらはいったん仕事場へ戻りますが、どうぞごゆっくりお過ごしください」

権助や登美次たちが小道の向こうへ消えると、六郎太がちらちらと千恵の隣を見やった。千恵と同じ床几に座りたいが、今日は時枝に譲るべきかと悩んでいるような表情だ。

六郎太を気遣ってか、時枝は茶と菓子を手にすると、さっと一番端の長床几へ向かった。千恵たちから離れた場所である。

弥一郎も茶と菓子を手にすると、翔右衛門を見た。

「おまえも来い」

翔右衛門がついてくるのを確かめて、時枝の隣の長床几に腰を下ろす。翔右衛門が隣に来ぬよう、どっかり真ん中に座り、茶と菓子を左右に置いた。

翔右衛門は戸惑ったような顔で、弥一郎と時枝の間に立つ。弥一郎は顎をしゃくって、時枝の隣に座るよう促した。

「あ、姉上……」

翔右衛門がおずおずと声を出す。

「ご無沙汰しております」

時枝がうなずいて、翔右衛門を見上げた。

「元気そうですね」

「はい」

時枝の隣に腰を下ろして、翔右衛門は茶を飲んだ。何を話せばよいのかわからないという表情で、ずっと湯呑茶碗を手にしている。

しばし沈黙が続いた。

卯の花の枝が風に小さく揺れている。

「本当に見事な卯の花ですね」

と言いながら、翔右衛門は花を見ていない。じっと湯呑茶碗の中に目を落としている。

時枝は微笑んで、翔右衛門のほうへ体を向けた。

「武芸上達のために厳しい修行を積んでいると聞きましたよ。立派に励んでいるのですね」

「いえ、そんな」

翔右衛門は嬉しそうな声を出した。

「自分にできることをしているだけです」

時枝の笑みが深まる。

「会わぬうちに、ずいぶんとたくましくなりましたね」

「であればよいのですが……まだまだ未熟者です」

翔右衛門は湯呑茶碗を置いて居住まいを正した。

「姉上をお守りできなかったこと、長年の間、悔やみ続けておりました」

時枝は首を横に振る。

「わたくしが家を出たのは、あなたのせいではありません」

翔右衛門が激しく頭を振る。

「ですが、何もできなかった――いえ、何もしなかったのは、同罪です」

時枝は困ったように目を細める。

「あなたに嫌われていないとわかっただけで、わたくしは嬉しいのですよ」

「時枝姉上を嫌うだなんて、そんな」

翔右衛門はまっすぐに時枝を見た。

「幼い頃より、わたしは時枝姉上をお慕いしておりました。姉上はいつも優しくて、母上よりも、よほど――」

翔右衛門は言葉を切った。

よほど純粋な愛情をかけてくれました――とでも続きそうであったように聞こえた。けれど実の親への複雑な思いが込み上げてきて、無理やりにその言葉を呑み込んだのだろう、と弥一郎は察する。

気を取り直すように、翔右衛門は大きく息をついた。

「幼い頃、風邪を引いて熱を出したわたしのために、時枝姉上が卵粥を作ってくださいましたね。夜通し看病して、厠へもつき添ってくださいました」

時枝が懐かしそうに目を細める。

「今はもう、こんなに大きくなったあなたを支えることなどできませんね」

翔右衛門は背筋を伸ばして顎を引いた。

「今度は、わたしが時枝姉上を支えます」

凛とした声が響いた。

「姉上が生まれ育った家を、必ずや居心地のよい場所にしてみせます。いつか、帰ってきた時枝姉上を、胸を張って迎えられるように」

時枝は目を潤ませて微笑んだ。

「ありがとう」

時枝は涙をごまかすように、卯の花の垣根に向き直る。

穏やかな風が吹き抜けた。

満開の白い花々が静かに揺れる。まるで卯の花が姉弟の再会を祝い、声にならぬ歓喜の言葉をかけているようだ。

再び沈黙が続いた。

けれど今度は、時枝も翔右衛門も満ち足りた表情をしていた。

戻ってきた権助に案内され、庭園の隅々まで見て回った弥一郎たちは、近くの料理屋で遅めの昼食を取ることにした。

「うちの娘の亭主が勤めている店なんですが、この時季は卯の花にちなんだ料理を出しているそうで」

権助の言葉に、女二人が目を輝かせる。

「まあ、どんなお料理なんでしょう。楽しみですわね、時枝さん」

「ええ。きっと美しくて、美味しいのでしょうね」

権助は料理屋までの道順を説明すると、弥一郎の前に立った。

「本日はお出でいただき、誠にありがとうございました。こんなことで、岡田さまへのお礼ができたとは思っておりませんが……」

弥一郎は首を横に振る。

「いや、じゅうぶんだ。咲き誇る卯の花の前で、贅沢な時を過ごさせてもらった。馳走になった茶と菓子も美味かったぞ」

権助は微笑みながら頭を下げる。

「年老いて、植木屋を引退した時、もうこの世ですべきことは終わったんだと思いました。自分を育ててくれた親方も死んじまったし、植物談議をする仲間も死んじまった。あとは体が動かなくなって、あの世からお迎えがくるのを待つだけかな、ってねえ」

娘夫婦と同じ長屋へ移り住み、孫たちとしょっちゅう会えるようになったのは嬉しかったが、心の中に蔓延った虚しさは消えなかった、と権助は語る。

「そこへ、あの火事でしょう」

完全に、すべてを失ってしまった――と権助は絶望した。

「だけどね、ふとした時に、あれっと思ったんですよ。この世ですべきことはもうないと思っていたのに、何でこんなに未練たらたらなんだろう、ってね」

あとは死を待つだけだと悟っていたのであれば、火事で焼け出されたことも定めと受け入れ、もっと粛々と暮らせたのではないか。

「住んでいた長屋が焼けたのは誰のせいでもないのに、口を衝いて出そうになるのは恨み言ばかりだ。何で、わしがこんな目に遭わなきゃならないんだ。わしに何も残っていないのは、何でなんだ。今までやってきたことは――わしの人生はすべて無駄だったのかという思いにさいなまれ、たまらなく悔しくなりましてね」

そんな時に訪ねてきたのが、亡き親方の長男、登美次だった。

「頼まれて、また若い者たちを育てているうちに、気づいたんです。ああ、こいつらの中に、わしのやってきたことは流れていくんだなあ、ってね」

それは単に、仕事のやり方が引き継がれるだけではない。権助の人生そのものが続いていくような心持ちになった。

「わしが死んでも、わしが積み上げてきたものは消えない。あいつらの中に残るんです。わしが積み残したことも、あいつらがやり遂げてくれるでしょう」

権助はにっこりと笑った。

「ここへ来て、欲が出てきましたよ。まだまだ生きて、若い者たちと一緒に仕事をしたくなりました。わしは、終わってなんかいなかった」

弥一郎はうなずいた。

「何百年も生きる山桜のように、あとひと花もふた花も咲かせたらどうだ」

権助は朗らかな笑い声を上げた。

「それは間違いなく、死んだあとも人々の中に残りそうですなあ」

「残してみせろ」

弥一郎の言葉に、権助はしみじみとうなずいた。

「卯の花の次は、紫陽花(あじさい)が咲き出します。四季折々の花を眺めに、またこの庭へいらしてください」

「うむ、そうしよう」

森屋の庭を出て、五人で料理屋へ向かう。

　歩きながら、時枝が大きな息をついた。

　弥一郎は時枝の横に並ぶ。

「どうした、疲れたか」

　時枝は小さく頭を振ると、立ち止まった。

「先ほどの、権助さんのお話を思い返しておりました」

　来た道を振り返る時枝の横に立ち、見下ろすと、時枝は幸せそうな笑みを浮かべていた。

「死んだあとも人の中に残る……わたくしを産んですぐ亡くなった母も、わたくしの中に残っていると思えば、心強くなります。顔も覚えておらず、抱いてもらった記憶もございませんが、いつもそばにいてくれるのかと思うと、寂しさが減る気がいたします」

「そうか」

　時枝が弥一郎を見上げた。

「明日、変化朝顔の種を蒔きたいと思います」

　弥一郎はうなずく。

「おれも明日、蒔くことにしよう」

時枝が満面の笑みを浮かべる。

弥一郎の胸に、じわりと心地よい温もりが広がった。

しばし見つめ合ったのち、二人そろって再び歩き出す。

料理屋に入ると、卯の花にちなんだ品を注文した。

すし飯の代わりに、卯の花の別名がある「おから」を使った、鯵の卯の花ずし。

おからを使った卯の花汁。

卯の白身に青菜の汁を入れて緑色にした薄焼き卵と、白身だけの薄焼き卵を細切りにして、庭園で食べた卯の花きんとんのように盛りつけた物が、小上がりに並べられた。

権助の娘の亭主だという男が、挨拶にくる。弥一郎に謝意を述べると、緑と白の薄焼き卵を手で指し示した。

「こちらは当店が『卯の花卵』と名づけました一品でございます。煎り酒をかけ、混ぜ合わせてお召し上がりくださいませ」

ごゆっくりどうぞ、と頭を下げて調理場へ戻っていく。

六郎太がさっそく箸と汁椀を手にした。

「うむ、美味いぞ」

みなで食べ進める。

白と緑の薄焼き卵に煎り酒をかけて混ぜ合わせていると、時枝と翔右衛門がなごやかに話している姿が目の端に映った。

弥一郎は笑みを浮かべて、二色の卵を口に入れる。

姉弟の間のわだかまりも解け、今後は親しくつき合えるであろうと思いながら、弥一郎は卵の花卵を噛(か)みしめた。


翌朝、弥一郎は変化朝顔の種を蒔いた。

小石川村に住む男児、次郎吉(じろきち)からもらった十粒のうちの半分だ。もう半分は、時枝に分けてやった。

朝顔の種は皮が硬いので、芽が出やすくなるよう、刃物で傷をつけてから蒔く。皮が削られたところから、水を吸いやすくなるのだ。

鉢に入れた土を指で押し、深さ一寸（約三センチメートル）にも満たない穴を開けた中に、そっと種を置く。上から土をかぶせたら、たっぷりと水をやって、終わりだ。

日当たりと風通しのよい場所に、五つの鉢を並べた。

時枝も本日、五粒を蒔くはずだが……。

植物は生き物だ。すべての種から芽が出るとは限らない。芽が出たとしても、無事に立派な苗に育ち、花を咲かせられるかはわからないのだ。

毎日、出仕前と出仕後に鉢を覗（のぞ）き込み、土の乾き具合を確かめる。

早く芽を出せと心の中で話しかけながら、見つめること数日――土の上に小さな白い物を見つけた時には、弥一郎の胸が躍った。地面に手を突きながら頭をもたげるように、ここから最初の葉が出てくるのだ。きっと明日には顔を出す。

弥一郎の確信通り、翌日には完全な芽生えとなった。

手の平を合わせるように閉じていた双葉が開き、日の光を浴びて、日を追うごとに大きくなっていく。

変化朝顔の世話をする弥一郎の胸に、甘ずっぱい感慨が広がった。

かつて、こんなにも開花の待ち遠しい植物があっただろうか……。

時枝の蒔いた種も無事に芽を出し、元気に育っていると思うが、まだ確かめてはいない。

植物が盛んに伸びる時季は仕事が忙しいのだ。薬草の採取や木々の剪定（せんてい）はもちろんのこと、毛虫が発生していないか見回ったり、荒子（あらしこ）たちに命じて草刈をしたり。

植えられている薬草を傷めぬよう、雑草を一本ずつ丁寧に抜かねばならぬ場所もある。

仕事が終わってから、文平に栽培指南を乞われることも増えた。もともと真面目な男だったが、このところますます植物にのめり込んでいる。どうやら堀井宅で出会った町医者見習、秀介との縁で、やる気をみなぎらせているようだ。知識を広げ、深めようと懸命になっていた。

次の非番には泉屋へ行ってみようと思っているうちに、変化朝顔はどんどん葉を大きくしていく。

そんなある夜、久しぶりに浮き島へ行くと、翔右衛門が小上がりで待ち構えていた。弥一郎の姿を見て破顔する。

「お久しぶりです」

弥一郎はうなずいて、翔右衛門の向かいに腰を下ろした。

「変わりないか」

「はい、わたしのほうは大丈夫です」

何やら含みのある目つきだ。

酒を飲みながら話を聞くと、義兄の徳之進がまた仕事を休んでいるのだという。

「風邪をぶり返して、熱が上がったり下がったりしているという話ですが、仮病でしょうね。お頭から酒の席に誘われるのが嫌なのでしょう」

坂上と同席すれば、そろいの印籠を並べて鑑賞しようと言われるに決まっている。できぬと言えば、印籠をなくしたことがばれてしまう。

「芙美がうちへ来て、もう疲れたと母に愚痴をこぼしておりました。仔細は聞こえませんでしたが、どうやら連日どこかへ出かけておるようです」

「なるほど」

弥一郎は手酌をした。

「徳之進が元気だとしても、病という話になっておるゆえ、外には出られぬ。非番の御徒はもちろんのこと、その家族や下男に顔を見られてもまずいからな」

翔右衛門が同意する。

「おそらく義兄の代わりに、芙美が印籠を捜し回っているのでしょうね」

自宅から弥一郎が襲われた場所まで、何度も行ったり来たりしているのであれば、相当な疲労であろう。女の足では、かなり時もかかるはずだ。それが連日となれば、泣き言を並べたくなるのもうなずける。

むろん、同情はせぬが。

「母は芙美を慰めながらも、実家へ来る暇があるのであればもっと励むように、と言い聞かせておりました」

「ほう」

「母はけっきょく、自分が一番大事なのです」

翔右衛門は酒をあおった。

「どうしても疲れた時には自宅で休めと優しい声を出しておりましたが、義兄に命じられて出かけているのであれば、義兄がいる家で寝ていられるはずがございません。一見甘やかしているようで、芙美を突き放しているのですよ。自分に火の粉が降りかからぬように」

弥一郎が酒を注いでやると、翔右衛門は気を取り直すように笑った。

「ところで、変化朝顔の芽は無事に出ましたか？」

弥一郎はうなずく。

「だいぶ大きくなってきたぞ。もうすぐ支柱を立てる時期だ」

「時枝姉上の朝顔も、すくすくと育っているでしょうか」

弥一郎が酒を飲むと、翔右衛門が注ぎ足してきた。

「先日は誠にありがとうございました。岡田どののおかげで、時枝姉上に再会することができました」

　翔右衛門は目を細めて宙を眺める。

「姉上の育てる変化朝顔を、わたしも見てみたいものです」

「見にゆけばよいではないか」

　翔右衛門は悲しげな顔で首を横に振った。

「新田家を変えるまでは、泉屋に顔を出せませぬ。わたしが時枝姉上と懇意にしていることが母と芙美に知られれば、姉上がまたどんな嫌がらせを受けることか……」

　いつか咲く変化朝顔の花を宙に見ているように、翔右衛門は口角を上げた。

「ですが、あきらめませぬ。朝顔の時季が終わらぬうちには、何とか――」

　弥一郎は杯を掲げた。

「それでは遅い。花盛りには、時枝どのの朝顔を見にいけるようにしろ」

「はい」

　弥一郎の杯に、翔右衛門が杯を合わせた。

　穏やかに夜は過ぎていく。

　次の非番の日、弥一郎は泉屋へ向かった。

晴れた空の下、柔らかな風を心地よく感じながら歩いていく。時枝に会うのは久しぶりだと思うと、足の動きが速まった。

不忍池に近づくと、人通りが多くなる。人波を縫うように進み、忍川に架かる橋を渡った。下谷町一丁目へ入り、泉屋はもう目前というところで、前方から女の悲鳴が聞こえた。

「痛いじゃないか！　ちょっと、あんた、気をつけておくれよ」

強くぶつかったようだ。

指差されている男は、ちらりと振り返って頭を下げたものの、立ち止まりはしない。すぐにまた前を向いて、勢いよく歩いてくる。

弥一郎とすれ違った。

何やら殺気立っている。物取りのたぐいではなさそうだが、誰かと喧嘩(けんか)でもしたのか——着物が多少乱れているが、殴り合いをしたような跡は見えない。

やけに大きな耳が、目についた。

弥一郎は立ち止まり、男の後ろ姿を目で追った。不忍池のほうへ向かって駆けていったが、行き先はわからない。人混みにまぎれて、あっという間に見えなくなった。

泉屋の前に立つと、官九郎が苦渋に満ちた表情で出てきた。

「岡田さま」

すがるような目で弥一郎を見上げてくる。

「どうした」

「時枝の朝顔が……何者かに鉢を割られて……」

「何だと⁉」

弥一郎は血相を変えた。

「時枝どのはどこだ」

「裏庭におります」

急いで駆けつけると、時枝が茫然自失の面持ちで立ちつくしていた。その隣では、おろくがしゃがみ込んでいる。

二人の前には、割れて飛び散った鉢の残骸が転がっていた。中から土がこぼれ、変化朝顔の苗が力なく横たわっている。

「時枝どの」

声をかけると、時枝の肩がわなわな震え出した。

「芽は、すべて無事に出たのです」

涙声が小さく響く。

「それなのに……」

弥一郎は改めて、無残な姿となった苗を見つめた。土にまみれた葉は破れ、茎は折れ曲がっている。ちぎれた葉を一枚手に取り凝視すると、踏みつけられたような跡が見えた。

弥一郎は五本の苗を丁寧に拾い上げ、縁側の前に並べた。

官九郎とおろくが覗き込んでくる。

「新しい鉢と土をすぐに用意できるか。それと、支柱になる物を」

「直せるのでございますか!?」

官九郎が叫んだ。

「すぐに用意いたしますので、時枝の朝顔を助けてやってください!」

「おれに任せておけ」

するりと言葉が出た。

「必ず何とかしてみせる」

言い切ると同時に、腹が据わった。

官九郎とおろくがうなずいて、鉢などを買い直すため走り去る。

弥一郎は時枝に歩み寄った。

声もなく泣いている。

すべてをあきらめたような表情だ。

植物を育てる難しさは、時枝も身に染みているはず。天候により、花の出来が悪い年も何度か経験してきただろう。

けれど今回は、これまでと違う。強風で茎が折れたわけでもなければ、虫に葉を食いつくされたわけでもない。明らかに、人の悪意で踏みにじられたのだ。

だが、しかし——。

「朝顔はまだ死んでおらぬ」

弥一郎は時枝の肩を両手でつかんだ。

「おまえの心とて、まだ折れてはおらぬであろう」

時枝がのろのろと顔を上げる。

「植物はいつも日に向かって伸びる。摘み取られ、足蹴にされても、朽ちて土に還るまで、あきらめたりはせぬのだ。どんな目に遭ってもじっと耐え、土の下で根を張り、再び芽を出す草花たちを、おまえも知っておるだろう」

時枝は五本の変化朝顔に目を向けた。

「物言わぬあやつらも、こたびばかりは恨み言を叫んでおるやもしれぬな」

弥一郎の言葉に、時枝は悔しそうに顔をゆがめる。

「その声を聞いてやれ。何があっても開花を信じておると言ってやれ」

時枝が弥一郎を見上げる。

「朝顔の花は、本当に咲くのでしょうか……」

「咲かせるのだ。きっと咲かせられると信じている、と自分にも言ってやれ」

時枝の目から涙がこぼれ落ちる。と同時に、時枝は大きくうなずいた。

「信じたい……信じます」

弥一郎はうなずいた。

やがて官九郎とおろくが戻ってきた。

新しい鉢に土を入れ、時枝と二人で苗を植え直す。

変化朝顔を支柱に添わせ、そっと紐で結びながら、弥一郎は泉屋の近くで見かけた男の顔を思い返していた。

泉屋を出ると、弥一郎は浮き島へ向かった。まだ暖簾が出ていないが、戸に手をかけてみると開いたので、そのまま中へ入る。

物音に気づいて出てきた勇吾が目を丸くした。

「おや、今日はずいぶんとお早いですね」

「頼みがある」

弥一郎の出し抜けの言葉に、勇吾は戸惑ったような表情になった。

「本日必ずここへ来るよう、翔右衛門に言伝を頼める者はおらぬか」

何やら深刻な事態と感じ取ったのか、勇吾は真剣な面持ちでうなずいた。

「おれが参りましょう」

「だが仕込みは」

「もう終わってますんで。戻るまで、店番をお願いします」

翔右衛門に会えそうな場所の見当をつけていくつか教えると、勇吾はすぐに店を出ていった。

しばらくして、息を切らしながら戻ってくる。

「岡田さまがおっしゃった通り、近藤さまの稽古場ってとこにいらっしゃいました」

稽古が終わり次第、来るという。

「すまぬが、紙と筆はあるか？」

「はい、ございますが」

怪訝（けげん）そうな顔をしながらも、勇吾は紙と筆を用意してくれた。

おもむろに筆を手にして、先ほどから頭に思い描いていた男の顔を紙の上に表す。植物日記に花や葉を描くのとは勝手が違い、少々手間取った。

やっと絵を描き終えた頃に、翔右衛門が駆け込んでくる。汗びっしょりだ。

「岡田どの、どうしたのですか。時枝姉上に何か——」

小上がりの前に立って、翔右衛門は眉根（まゆね）を寄せる。

「その男は、いったい……」

弥一郎が紙に描いた男を見て、翔右衛門は首をかしげた。弥一郎の横に座り込むと、紙を手に取り凝視する。まだ乾ききっていない墨が、紙の上でてらりと光った。

「こやつを知っておるのか」

「いや……この絵だけでは何とも……」

翔右衛門は紙を床に置き、額の汗を手の甲で拭（ぬぐ）った。

「時枝どのが大事に育てていた変化朝顔を、踏みにじった男だ」

「何ですって⁉」

翔右衛門は愕然（がくぜん）と絵を見下ろす。

「やつらは、おれを本気で怒らせた」

体の奥底から沸き上がってくる激昂に、弥一郎は身をゆだねた。

翔右衛門が息を呑む。

ぽたっ、ぽたっ、と紙に翔右衛門の汗が落ちた。男の左耳の辺りを濡らし、墨をじんわりと押し広げていく。弥一郎が描いた男の耳が、ゆっくりと歪にゆがんだ。にじんだ耳はぼやけて、そこだけが大きくなる。

弥一郎の頭の中に、あの男の顔が鮮明によみがえった。怒りが膨れ上がりそうになるが、かすかに漂う墨のにおいに、心が落ち着いていく。

翔右衛門に向き直り、弥一郎は告げる。

「あの印籠の使い道は、たった今、決まった」

じっと見つめ続けていると、翔右衛門は覚悟を決めた表情になり、力強くうなずいた。

本書は書き下ろしです。

味ごよみ、花だより

二、朝顔の誓い

高田在子

令和6年 3月25日 初版発行

発行者●山下直久

発行●株式会社KADOKAWA
〒102-8177 東京都千代田区富士見2-13-3
電話 0570-002-301（ナビダイヤル）

角川文庫 24100

印刷所●株式会社暁印刷
製本所●本間製本株式会社

表紙画●和田三造

ISBN 978-4-04-114628-6 C0193

◇◇◇

角川文庫発刊に際して

角川源義

第二次世界大戦の敗北は、軍事力の敗北であった以上に、私たちの若い文化力の敗退であった。私たちの文化が戦争に対して如何に無力であり、単なるあだ花に過ぎなかったかを、私たちは身を以て体験し痛感した。西洋近代文化の摂取にとって、明治以後八十年の歳月は決して短かすぎたとは言えない。にもかかわらず、近代文化の伝統を確立し、自由な批判と柔軟な良識に富む文化層として自らを形成することに私たちは失敗して来た。そしてこれは、各層への文化の普及滲透を任務とする出版人の責任でもあった。

一九四五年以来、私たちは再び振出しに戻り、第一歩から踏み出すことを余儀なくされた。これは大きな不幸ではあるが、反面、これまでの混沌・未熟・歪曲の中にあった我が国の文化に秩序と確たる基礎を齎らすためには絶好の機会でもある。角川書店は、このような祖国の文化的危機にあたり、微力をも顧みず再建の礎石たるべき抱負と決意とをもって出発したが、ここに創立以来の念願を果すべく角川文庫を発刊する。これまで刊行されたあらゆる全集叢書文庫類の長所と短所とを検討し、古今東西の不朽の典籍を、良心的編集のもとに、廉価に、そして書架にふさわしい美本として、多くのひとびとに提供しようとする。しかし私たちは徒らに百科全書的な知識のジレッタントを作ることを目的とせず、あくまで祖国の文化に秩序と再建への道を示し、この文庫を角川書店の栄ある事業として、今後永久に継続発展せしめ、学芸と教養との殿堂として大成せんことを期したい。多くの読書子の愛情ある忠言と支持とによって、この希望と抱負とを完遂せしめられんことを願う。

一九四九年五月三日

角川文庫ベストセラー

味ごよみ、花だより　高田在子

小石川御薬園同心の岡田弥一郎は、ある日道端で苦しむ老爺と若い娘を助けた。名乗らず去ったものの、数日後、偶然小料理屋で、その時の娘・時枝と再会することに……この出会いは果たして運命なのか。

はなの味ごよみ　高田在子

鎌倉で畑の手伝いをして暮らす「はな」。器量よしで働きものの彼女の元に、良太と名乗る男が転がり込んできた。なんでも旅で追い剝ぎにあったらしい。だが良太はある日、忽然と姿を消してしまう――。

はなの味ごよみ　願かけ鍋　高田在子

鎌倉から失踪した夫を捜して江戸へやってきたはなは、一膳飯屋の「喜楽屋」で働くことになった。ある日、乾物屋の卯太郎が、店先に幽霊が出るという噂で困っているという相談を持ちかけてきたが――。

はなの味ごよみ　にぎり雛　高田在子

桃の節句の前日、はなの働く一膳飯屋「喜楽屋」に、降りしきる雨のなかやってきた左吉とおゆう。何か思い詰めたような2人は、「卵ふわふわ」を涙ながらに食べた後、礼を言いながら帰ったはずだったが……。

はなの味ごよみ　夢見酒　高田在子

一膳飯屋「喜楽屋」で働くはなのところに、力士の雷衛門が飛び込んできた。相撲部屋で飼っていた猫の「もも」がいなくなったという。「もも」は皆に愛されており、なんとかしてほしいというのだが……。

角川文庫ベストセラー

はなの味ごよみ 花笑み結び
高田在子

神田の一膳飯屋「喜楽屋」で働いていたはなは、武家の結城良太の家に嫁ぐため、伊澤家に養子入りを請い、修養することになった。だが、はなにはやはり捨てられないものがあった——。涙の完結巻。

おそろし 三島屋変調百物語事始
宮部みゆき

17歳のおちかは、実家で起きたある事件をきっかけに心を閉ざした。今は江戸で袋物屋・三島屋を営む叔父夫婦の元で暮らしている。三島屋を訪れる人々の不思議話が、おちかの心を溶かし始める。百物語、開幕！

あんじゅう 三島屋変調百物語事続
宮部みゆき

ある日おちかは、空き屋敷にまつわる不思議な話を聞く。人を恋いながら、人のそばでは生きられない暗獣〈くろすけ〉とは……宮部みゆきの江戸怪奇譚連作集「三島屋変調百物語」第2弾。

泣き童子 三島屋変調百物語参之続
宮部みゆき

おちか1人が聞いては聞き捨てる、変わり百物語が始まって1年。三島屋の黒白の間にやってきたのは、死人のような顔色をしている奇妙な客だった。彼は虫の息の状態で、おちかにある童子の話を語るのだが……。

三鬼 三島屋変調百物語四之続
宮部みゆき

此度の語り手は山陰の小藩の元江戸家老。彼が山番士として送られた寒村で知った恐ろしい秘密とは⁉ せつなくて怖いお話が満載！ おちかが聞き手をつとめる変わり百物語、「三島屋」シリーズ文庫第四弾！

角川文庫ベストセラー

十六年待って　髪ゆい猫字屋繁盛記　今井絵美子

余命幾ばくもないおしんの心残りは、非業の死をとげた妹のひとり娘のこと。おたみはそんなおしんに心を寄せて、なけなしの形見を届ける役を買って出る。人と真摯に向き合う姿に胸熱くなる江戸人情時代小説！

望の夜（もちのよ）　髪ゆい猫字屋繁盛記　今井絵美子

佐吉とおきぬの恋、鹿一と家族の和解、おたみに初孫誕生……めぐりゆく季節のなかで、猫字屋の面々にも、それぞれ人生の転機がいくつも訪れて……江戸の市井に息づく情を豊かに謳いあげる書き下ろし第四弾！

赤まんま　髪ゆい猫字屋繁盛記　今井絵美子

木戸番のおすえが面倒をみている三兄妹の末娘、まだ4歳のお梅が生死をさまよう病にかかり、照降町の面面は、ただ神に祈るばかり――。生きることの切なさ、ままならなさをまっすぐ見つめる人情時代小説第5弾。

霜しずく　髪ゆい猫字屋繁盛記　今井絵美子

放蕩者だったが改心し、雪駄作りにはげむ丑松が猫字屋に小豆を一俵差し入れる。しかし時を同じくして、汁粉屋の蔵に賊が入っていた。丑松を信じたい、と照降町の面々が苦悩する中、佐吉は本人から話を聞く。

紅い月　髪ゆい猫字屋繁盛記　今井絵美子

武士の身分を捨て、自身番の書役となった喜三次が、いよいよ魚竹に入ることになり……人生の岐路に立った喜三次の心中は？　江戸市井の悲喜こもごもを描き出す、シリーズ最高潮の第七巻！